Thomas Meinecke
Holz

Erzählung

Suhrkamp

Holz erschien erstmals 1988 im Verlag Kiepenheuer & Witsch
Umschlagfoto: Horst Munzig

suhrkamp taschenbuch 3013
Erste Auflage 1999
© Suhrkamp Verlag Frankfurt am Main 1999
Suhrkamp Taschenbuch Verlag
Alle Rechte vorbehalten, insbesondere das
des öffentlichen Vortrags, der Übertragung
durch Rundfunk und Fernsehen
sowie der Übersetzung, auch einzelner Teile.
Kein Teil des Werkes darf in irgendeiner Form
(durch Fotografie, Mikrofilm oder andere Verfahren)
ohne schriftliche Genehmigung des Verlages reproduziert
oder unter Verwendung elektronischer Systeme
verarbeitet, vervielfältigt oder verbreitet werden.
Druck: Nomos Verlagsgesellschaft, Baden-Baden
Printed in Germany
Umschlag nach Entwürfen von
Willy Fleckhaus und Rolf Staudt

1 2 3 4 5 6 – 04 03 02 01 00 99

Holz

SIEBEN FRAUEN

An einem frostigen Januartag hatte ich mich gegen Mittag hinunter auf den Weg zum Anlegesteg gemacht, wo die Ausflugsboote fest ins Eis gefroren lagen. Nachdem mir gleich beim Verlassen des Hauses vier ältere Damen begegnet waren, die zwar eindeutig jünger als tatsächlich alte Damen erschienen, bedeutend älter jedoch als sogenannte alte Tanten, eben jener Menschenschlag, den man gern mit Senioren umschreibt und dem man in dieser Stadt auf Schritt und Tritt begegnete, geriet ich über die kurzweilige Fragestellung, warum ältere Damen für jünger als alte Damen zu gelten haben, in eine recht beschwingt monologische Verfassung, aus der ich erst durch die Wucht des folgenden Ereignisses gerissen werden sollte. Bereits vor dem Verlassen des Gästehauses, in welchem ich seit einigen Wochen auf Senatskosten logierte, hatte ich, über die zugefrorene Seenplatte hinweg, damit aus einer dem Schießplatz geradezu entgegengesetzten Richtung, etliche Schüsse zu hören geglaubt, eine Wahrnehmung, die mir das Personal als nervöse Sinnestäuschung auszureden versucht hatte, die mich nun aber, unwillkürlich, durch das dichteste und feindseligste Schneegestöber zum Anlegesteg hinuntertrieb. Als ich dort eine Weile lang wie ziellos auf und ab gegangen war, die Speisekarte des winterfest verschlossenen Kioskes bald dreifach studiert und mich weiteren vergleichbaren Zerstreuungen hingegeben hatte, bemerkte ich plötzlich, daß sich vereinzelte Stimmen vom See her näherten.

Zögernd schickte ich einige Rufe über den Teich, und keine fünf Minuten später befand ich mich im Anblick der drei wohl attraktivsten Frauen, deren Weg den meinen in dieser Stadt bislang gekreuzt hatte. Ihre Aufmachung besaß einen fast befremdlichen Reiz, der sich jedoch schon bald als genuin herausstellen sollte, denn diese drei Grazien waren eben, so gut wie geradewegs, wohlweislich und im Schutz des Schneetreibens, über den zugefrorenen See aus Potsdam, das wir der DDR zurechnen, geflohen gekommen. Nachdem ich sie, welche Gisela, Marlies und Elke hießen, zuerst mit durchaus geteilten Gefühlen in dieser östlichen Exklave meiner westlichen Heimat willkommen geheißen, dann in das nahegelegene, zwar winterlich verlassene, aber ganzjährig geöffnete Ausflugslokal eingeladen und allen dreien, ungeschickt, meine sofortige Verzauberung eingestanden hatte, war ein wirklich unseliges Schweigen über den Tisch hereingebrochen. In somit geradezu kataleptischer Steifheit brachten wir bestimmt eine Viertelstunde wortlos zu, bis jene vier älteren, aber eben nicht alten Damen das Lokal betraten, denen ich bereits beim Verlassen der Villa begegnet war und die sich kurz darauf als Angehörige einer alliierten Körperschaft erweisen sollten. Folgerichtig, wenngleich höflich, führten sie meine drei Grazien zu einem vor der Gaststätte unauffällig geparkten Fahrzeug, das ein mir bis dahin gänzlich unbekanntes Kennzeichen trug, und fuhren in einen wahrhaft fahlen Winterhimmel gegen den Bahndamm davon. In dieser Stadt wollte ich, der ich von klein auf jede Normalität auch des politischen Alltages zu schätzen gelernt hatte, keinen Tag länger verweilen.

Vierzehn Tage später aber konnte ich Elke und Gisela an der Balustrade einer stark frequentierten Kunsteisbahn ausmachen. Ihr Gebaren hatte einen deutlich homosexuellen Anstrich, wodurch ich mir schlagartig jene Schweigsamkeit im Ausflugslokal erklären konnte, welche die Frauen über der Tafel, auf Grund meiner Eröffnungen, befallen hatte. Allein das offensichtliche Ausbleiben von Marlies stellte mich vor ein neues Rätsel, das ich im Verhör der beiden Schönheiten zu lösen gedachte. Marlies, so erfuhr ich von Elke und Gisela wie aus einem Mund, hatte sich noch in der Vernehmungslimousine mit einer jener älteren Damen des alliierten Gremiums zu vergnügen begonnen, die mir an dem mittlerweile zwei Wochen zurückliegenden Januartag gleich zweimal begegnet waren. Dreieinhalb Tage später seien die beiden Frauen jedoch nicht nur an dem sogenannten Generationssprung, sondern auch an dem gleichfalls berüchtigten Ostwestproblem zerbrochen und also von da an strikt getrennte Wege gegangen. Wohin nun derjenige von Marlies geführt hatte, konnte ich weder aus Elke noch Gisela herausbringen, die Zahl drei sei jedoch immer schon eine unglückliche gewesen, so die beiden bildhübschen Potsdamerinnen im Chor. Eben hatte eine Eishockeymannschaft das Forum, welches nun als Arena betrachtet werden sollte, betreten. Zu dumm, ging es mir beim Abschnallen der Schlittschuhe durch den Sinn, und ich wünschte mir fast, daß meine graziösen Flüchtlinge jenes andere, der Senatsvilla nicht nur in geographischer Hinsicht gegenüberliegende Ufer niemals verlassen hätten. Auch Elke und Gisela entledigten sich ihres sportlichen Schuhwerks, grüßten kurz herüber und verschwanden bald in dem zwielichtigen Flair eines Erfrischungsraumes.

HOT LOVE

Am selben Abend wurde ich in einem dem Westhafen nahegelegenen Arbeiterviertel zum Zeugen einer Horde Türken, die ein Bushaltestellenschild aus dem Asphalt gebrochen hatte und mit diesem nun stoßweise, darin den sieben Schwaben gleich, den Betonsockel voran, das Portal eines Nachtclubs namens Hot Love aufzurammen versuchte. Der Gebrauch von Schreckschußpistolen, mit welchem den jungen Ausländern nach dem Aufspringen der Tür aus dem Inneren der Bar begegnet wurde, schien die Aufgebrachten nicht weiter abzuschrecken, so rammten sie mit dem Haltestellenschild noch den zweiten Türflügel und einen gläsernen Schaukasten ein. Der Linienbus aber, welcher eben seine Bucht anzusteuern im Begriff war, und dessen verstörter Fahrer sofort die Funkstreife verständigte, fand seinen Halt auch ohne die gewohnte Markierung. Beim Eintreffen der sieben Streifenwagen, die teilweise recht effektvoll über die schneeglatte Kreuzung dahergeschleudert kamen, hatten sich die jugendlichen Rächer wohl einer jener zahlreichen Ausländerfeindlichkeiten, welche diese Stadt überzogen, längst spurlos davongemacht. Ich dagegen fand mich drei Straßen weiter in einem Lokal ein, von dem ich gehört hatte, daß dort tatsächlich schöne Menschen verkehren sollten. Jedoch abermals enttäuscht kehrte ich noch mit der vorletzten S-Bahn zur Senatsvilla zurück.

Dort wiederum fand ich einen Zettel vor, demnach ein Anruf von Elke und Gisela für mich eingegangen war. Die beiden, so stand zu lesen, würden mich am folgenden Vormittag gegen elf vor dem sowjetischen Ehrenmal erwarten, welches, wie ich wußte, zwar auf westlichem Boden stand, dessen sowjetische Ehrenwachen hingegen ihrerseits von britischen Besatzungssoldaten beschützt wurden. Eine politische Bagatelle, die mir jedoch den allseits beschworenen Ausnahmezustand, unter dem sich diese Stadt bereits seit Jahrzehnten befand und der mir, mitsamt seiner Verklärung, schon während der ersten Tage meines hiesigen Aufenthaltes aufgestoßen war, so überaus trefflich in sich zu vereinigen schien. Allein um des Anblicks meiner hübschen Potsdamerinnen willen war ich jedoch sofort Feuer und Flamme, mich auch diesem zweifelhaften und mehr als zweischneidigen Ehrenmal erneut auszusetzen. Dennoch erschien mir Elkes und Giselas Absicht, ein Wiedersehen mit mir, der ich immerhin der erste westliche Bürger war, dessen die Lesbierinnen nach ihrer Flucht ansichtig geworden waren, ausgerechnet unter den prüfenden Blicken östlichen Militärs zu arrangieren, äußerst kurios. Tatsächlich waren mir bereits bei der Einreise die Blicke der östlichen Grenzbeamten deutlich prüfender als die ihrer westlichen Kollegen vorgekommen.

Am folgenden Morgen machte ich mich rechtzeitig auf den Weg in Richtung Stadtmitte. Wegen der erhöhten Luftverunreinigung, welche, wie es hieß, aus dem Ostteil der Stadt herüberwehte, hatte man im Westteil derselben ein Fahrverbot für Kraftfahrzeuge verhängt, doch mein Spaziergang entlang des Tiergartens auf das sowjetische Ehrenmal zu stimmte mich deshalb kaum nachdenklicher, als es diese Stadt ohnehin dauernd tat, zumal die Sonne von einem fast strahlend blauen Himmel lachte. Elke und Gisela lachten ebenfalls, als sie mich zwischen den monströsen Stellwänden hervortreten sahen, welche die Zentralperspektive des sowjetischen Ehrenmales in südlicher, also westlicher Hinsicht verstellen sollten. Gleich einem Schlagersänger zwischen den Kulissen einer Fernsehschau war ich den Mädchen vorgekommen, die sich jedoch aus meiner, abwechselnd von

rechts, links oder oben verstellten Perspektive, vor Stachel-
draht, Wächterhäuschen und dahinter befindlicher Gedenk-
stätte samt Sowjetsoldaten nicht minder seltsam ausmachten.
Kaum hatte ich die beiden Hübschen begrüßt, riefen sie der
Ehrenwache eine mir nicht verständliche russische Vokabel
zu und bedachten mich daraufhin mit den unmißverständ-
lichsten Zärtlichkeiten. Diese wiederum kamen mir als die
mißverständlichsten überhaupt vor. Hatte ich die beiden
Lesbierinnen bekehrt oder hatten diese mich vielmehr zu
einem Akt der Propaganda mißbraucht, letzteres schien mir,
so weh es tat, die größere Wahrscheinlichkeit zu besitzen.
Bevor ich jedoch noch dazu kam, mich explizit nach der
Motivation meiner Grazien zu erkundigen, hatten sie mich
bereits von beiden Seiten untergehakt, einen Gassenhauer
angestimmt und die Richtung der westöstlichen Sektoren-
grenze eingeschlagen. Allein, die sowjetischen Ehrenwächter
hatten sich von dem obszönen Treiben der Frauen kaum
irritieren lassen und setzten also ihr nichtiges Tun mit
unbeirrter Miene fort.

VERLUST DER MITTE

Heute, da ich den Boden der Legalität längst verlassen und
sogar Freund Heins Dienste in Anspruch genommen habe,
weiß ich, daß ich nicht nur einem Irrtum aufgesessen, sondern bereits in die Falle gegangen war, als ich geglaubt hatte,
mich den trügerischen Eindrücken der Viermächtestadt entziehen und statt dessen ungestört im Turm arbeiten zu
können. Allein deswegen aber war ich der Einladung des
Kultursenators gefolgt, lediglich belächelt hatte ich den Pas-
sus, der mein Stipendium damit begründete, die sowohl

künstlerisch als auch finanziell abgesicherte Auseinandersetzung mit dem einzigartigen Status der geteilten Metropole zu ermöglichen. Nun aber stolperte ich am Arm zweier sapphischer Schönheiten eben jenem schicksalhaften Wall entgegen, dessen Anblick ich mir für den fünfmonatigen Aufenthalt, Zwangsaufenthalt, wie ich es manchmal sah, in dieser unglückseligen Stadt zu ersparen vorgenommen hatte.

Bereits mit den ersten Anzeichen der Werftenkrise hatte ich meine norddeutsche Heimatstadt verlassen und war achthundert Kilometer südlich zum Wahlbürger einer jener florierenden Landeshauptstädte geworden, die der bundesrepublikanischen Nachkriegsnormalität in den achtziger Jahren manche Blütenkrone aufgesetzt haben. Zunächst noch dem Detektivisches freisetzenden Reiz des Urbanen erlegen, hatte ich mich jedoch im Lauf der Jahre an den Stadtrand vorgearbeitet, wo ich meinen Blick vom Balkon aus über die Baumschulen bis an die äußerste Peripherie schweifen lassen konnte. Auch nach dem Kollaps meiner spielerisch affirmativen Attitüde, von der ich, dieser gewissermaßen selbst aufgesessen, geglaubt hatte, mit ihr die Welt entideologisieren, ja sogar noch schöner machen zu können, noch mit dem Aufkeimen erneuten Oppositionswillens also, erwies sich dieser Wohnort tatsächlich in vielerlei Hinsicht als ideal. Gab der Blick vom Südbalkon die städtischen Baumschulen preis, konnte ich vom nordwärts ausgerichteten Arbeitsplatz das gemütliche Treiben einer freien Tankstelle beobachten. In all den Monaten, welche seit dem Einzug in die neue Wohnung verstrichen waren, bevor ich also mein auswärtiges Stipendium angetreten hatte, war mir kaum etwas so sehr zur Quelle der Inspiration geworden wie das Betanken der Kraftfahrzeuge, ein gelegentliches Abschleppmanöver oder des dicken Mechanikers routiniertes Hantieren mit dem Druckluftschlauch.

Nun befand sich auch die Villa, in deren architektonischer Weitläufigkeit ich seit einigen Wochen mit vier weiteren deutschsprachigen Stipendiaten untergebracht war, im Grünen und von dem Turmzimmer aus, das mir zugewiesen worden war und in dem bereits Carl Zuckmayer, so hieß es, den fröhlichen Weinberg geschrieben haben sollte, bot sich ein faszinierender Ausblick über einige Seen bis eben auch an den äußersten Horizont dieser Millionenstadt. Der wiederum befand sich aber, und hier lag mein ganzes Mitleid, hinter jenem Todesstreifen, den Gisela, Marlies und Elke erst kürzlich auf so abenteuerliche Weise überwunden hatten. Der Anblick des Stadtrandes war aber allein deswegen sonst überall der einladendste, weil er die Perspektive freien Landes freizugeben pflegte. Man mochte gerade seinen Sack packen und über die Dörfer hinausziehen. Eben das aber blieb den benommenen Bewohnern dieser beklemmenden Ortschaft verwehrt. An Wochenenden schleppten sie sich scharenweise und mißmutig durch ihren Stadtwald, durchkreuzten die urbanen Wasserläufe trübselig mit Hilfe diversen Segelgeräts, warfen ihre Angeln in die Entengrütze aus und offenbarten alles in allem eine Gemütsverfassung, welche mit dem für typisch erklärten, sowohl mürrischen als auch losen Mundwerk, der sogenannten Schnauze, zahlreicher, wenn nicht aller Einheimischen korrespondierte. Ich aber hatte mich in meinen Turm verkrochen, Schallplatten gehört, Jack Kerouac gelesen und, gleich ganz Zuckmayer, eine Komödie zu schreiben versucht.

Ich war deshalb in eine Falle gegangen, weil ich tatsächlich geglaubt hatte, dem faulen weltpolitischen Zauber dieser Stadt entkommen zu können. Bereits vor der denkwürdigen Begegnung mit meinen drei ostdeutschen Grazien aber hatte ich mich eines eisigen Tages äußerst verstört an jener Brücke wiedergefunden, über die man seit Jahrzehnten alle Ostwestagenten auszutauschen pflegte. Nachts hatte ich von Anfang an, auch und gerade in meinem Turmzimmer, das Aufheulen der Diesellokomotiven am Grenzbahnhof vernehmen können, der Ostlokomotiven wohlgemerkt, welche die Transitzüge im Schneckentempo durchs Niemandsland schleppten. Einmal auch hatte ich mich in der Nacht aufgemacht, wie man sagt, und zwar zu dem kleinen Grenzbahnhof, der unweit des Gästehauses wie versteckt im Waldstück lag, hatte geheimnisvolle Güterzüge rangieren und desolate Personenzüge wie im Spuk passieren gesehen. Grenzenlos aufgewühlt war ich daraufhin wieder zu Bett gegangen, mit dem strikten Vorsatz, mich derartigen Vorstellungen, welche dem normalen Gang der Dinge, an dem allein ich meinen analytischen Blick geschult hatte, so äußerst entgegenstanden, von nun an nicht mehr auszusetzen. Aber, wie so oft, sollten es weibliche Wesen sein, Elke und Gisela, die mich meiner Selbstkontrolle wieder entreißen und nicht nur dem fragwürdigen Spiel der vier Mächte, sondern auch dem willkürlichen der Hormone und Enzyme ausliefern würden.

IN HÖCHSTER INSTANZ

Ungeduldig zerrten die Potsdamerinnen an meinen Gelenken. Sie konnten es nicht erwarten, jenes Unglückstor, durch das zu marschieren keiner der beiden Bevölkerungen mehr gestattet war, einmal von der hinteren, in diesem Fall westlichen Seite zu sehen. Nun war es der westdeutschen Bevölkerung schon seit Jahren gestattet, in den Ostsektor der Stadt zu reisen, weshalb ich mich dort zur Zeit meiner Pubertät sogar recht gut ausgekannt hatte, Elke und Gisela jedoch war es bislang immer verwehrt gewesen, den französischen, britischen oder amerikanischen Sektor der ehemaligen Reichshauptstadt zu besuchen, weshalb eben sie mich nun vehement, des westlichen Blickes halber, gen Osten zerrten. Tatsächlich kann sich ja eine Medaille, wie man weiß, von beiden Seiten separat betrachtet, recht unterschiedlich ausmachen. So staunten die Mädchen nicht übel, als sie des Tores erstmals von hinten und doch, wie sie fanden, von vorn ansichtig wurden. Trostlos und grau kam ihnen der Blick in den sowjetischen Sektor vor, und tatsächlich gab sich der sowjetische Sektor eher farblos. So hatte ich alle Mühe, den beiden Flüchtlingen jenen heroischen Effekt nahezubringen, der mir das östliche Wettbewerbsringen mitunter auszuzeichnen schien, weshalb also die sozialistische Farblosigkeit die schönste Farblosigkeit überhaupt sei. Elke und Gisela dagegen sprangen naturgemäß eben jene bunten Leuchtreklamen ins Auge, welche den westlichen Sektoren dieser Stadt, wie mir schien, eine wiederum stark verzweifelte Note verliehen. Verzweiflung aber konnten Elke und Gisela nur in der bereits über ein Vierteljahrhundert zurückliegenden Einrichtung jenes, wie sie gelernt hatten, antifaschistischen Schutzwalles erkennen, an dem wir mittlerweile entlangstreiften. So erwiesen sich auch die Vokabeln als bitter zweischneidig, und unsere ganze Verständigung war letztendlich auf die Instanz der Herzen angewiesen. Da sich die beiden aber das jeweils ihre bereits geschenkt hatten, blieb das meine allein mir selbst. Was mich im übrigen erneut nachdenklich stimmte, sogar die Überlegung nahelegte, mein Stipendium abzubrechen und nach Westdeutschland heimzukehren. Bald hatten wir den einzigen Übergang erreicht, der es auch östlichen Privilegierten erlaubte, mit ihrem Fahrzeug in die Westsektoren einzureisen. Jedoch schien über dem heutigen Tag ein sanfter Fluch zu liegen, denn das lediglich westliche Fahrverbot, so wollte ich glauben, ermöglichte dem endlich mit Visum versehenen östlichen Exilanten wohl, die strengen landsmännischen Grenzposten zu passieren und bis an die Demarkation heranzurollen, nicht so jedoch, diese per Automobil, in dem sich etwa das gesamte Hab und Gut befinden mochte, auch zu überfahren.

Nun waren aber die westlichen Grenzer bekanntlich gar nicht so, und Elke und Gisela lachten mich gehörig aus, als der erste Lada nahte, die Zollbeamten großzügig alle Sperrschilder wegräumten und den Ausreisenden sogar ausdrücklich eine gute Fahrt zu wünschen schienen. Ich aber hatte erstmal genug von dieser Grenze und nötigte meine beiden Begleiterinnen, ein nahegelegenes Café aufzusuchen, um sich bei einer wärmenden Tasse Tee entspannen, womöglich auch unterhalten zu können. Widerwillig folgten sie mir, Elke und Gisela hätten den ganzen Tag an der Demarkationslinie verbringen können.

JACK DANIEL'S REICH

Den Erwerb tennesseeischen Whiskys auf sowjetisch verwaltetem Boden hatte ich bereits am Vortag, wenngleich auf wiederum amerikanisch verwaltetem Boden, übel bereut, nachdem ich auf dem Bahnsteig eines Ostbahnhofs, welcher allein westlichen Umsteigemanövern vorbehalten war, zollfrei eine Literflasche meiner favorisierten Marke erstanden hatte, und, diese arglos in einer Plastiktüte schwenkend, mit einer Untergrundbahn, in die ich, wie gesagt, auf östlichem Boden umgestiegen war, in westliche Gefilde heimgekehrt, bereits auf dem zweiten Bahnhof von wütenden Zollbeamten aus dem Zug gezerrt und zu einer überhöhten Zollgebühr gezwungen wurde, wodurch mich der Whisky schließlich teurer zu stehen kam, als wenn ich ihn gleich auf westlichem Boden gekauft hätte, ein moralischer Effekt, der von den verbiesterten Zollbeamten durchaus beabsichtigt war. Elke und Gisela jedenfalls gossen sich, denn wir saßen nun in dem von mir angestrebten Café, je eine Portion tennesseeischen Whisky in den Tee, und die Schilderung meines ostwestlichen Zollerlebnisses wurde mit Hohngelächter quittiert.

Bereits am frühen Nachmittag, schwer angeheitert, wie man sagt, in die Senatsvilla zurückgekehrt, drückte mir Kassenwart Hoffmeister ein dickes Bündel Geldscheine in die zitternde Hand, was mir erneut zu schmerzlichem Bewußtsein brachte, daß ich der Gast einer so verlorenen wie niemals verlorengegebenen Stadt war, die mich allein deshalb eingeladen hatte, damit ich sie, die sich nicht ohne Grund zur hohlen Metapher erstarrt wähnte, mit erneutem, dazu noch geschriftstellertem Sinn legitimierte. So ließ ich mich denn matt auf meiner Bettstatt nieder, versuchte mir noch vergeblich, die süßen Stimmen der beiden Potsdamerinnen zu vergegenwärtigen und nickte schließlich wenig später, es mag wohl gegen fünfzehn Uhr gewesen sein, ein.

Ist man aber einmal mittags eingenickt, kann das Erwachen am frühen Abend das grauenhafteste sein. Das Fernsehprogramm hielt nicht, was es versprach, alle vorhandenen Schallplatten hatte ich bereits mehrfach durchgehört, die Bücher, derer ich ganze Reihen mitgebracht hatte, reizten mich wenig. Allein der tennesseeische Whisky lud mich immer wieder ein, hatte ich von diesem jedoch erst die doppelte Gastronomieportion intus, wie man sagt, trieb es mich unweigerlich aus dem Haus, und jene verhängnisvolle Suche nach dem Lokal, mochte es ein Café oder eine Bar sein, ein Restaurant oder eine Diskothek, in welchem ich einmal eine andere als die immergleiche ungepflegte Kundschaft anzutreffen hoffte, nahm ihren erneuten Gang.

Hatte ich bislang einmal eine attraktive Person ausmachen können, war diese gewiß immer von einer Reihe stinkiger Kollegen, abgebrochener Studenten zumeist, flankiert worden, die mir die einstige Reichshauptstadt wie eine monströse Göttinger Blähung vorkommen ließen und mich damit in eine längst überwunden geglaubte Vergangenheit glühenden Hippiehasses zurückwarfen, weshalb ich wiederum zögerte, der Wirkung des tennesseeischen Verschnittes erneut zuzusprechen. Zögern jedoch mündet meistens in die Tat, so auch an diesem Abend, nachdem ich mit mir übereingekommen war, daß dieser nicht nur politisch unglückselig verschattete Tag, womit auch immer, ganz einfach zugeschüttet werden mußte.

So trank ich also, was das Zeug hielt, ließ die letzte wie die erste S-Bahn fahren und hatte tatsächlich, ganz en passant, ein Tanzlokal wiederentdeckt, in dem sich die Anmut das Zepter nicht nur geangelt, sondern auf Dauer gesichert zu haben schien. Ein Tanzlokal, das ich bereits acht Jahre zuvor erstmalig aufgesucht und das mich damals sehr zu befriedigen gewußt hatte, von dem ich aber bei Antritt meines Stipendiums, trotz aller Zeugenaussagen, einfach nicht recht hatte glauben mögen, daß es noch immer en vogue sein könnte. Allein, in dieser Stadt schien die Mode von einem anderen, gleich dem Personalausweis ihrer Bewohner, behelfsmäßigen Charakter zu sein, weshalb ich hier überhaupt auf das Berechenbare nur per Zufall stieß, das Verrückte mir aber, zu jeder Sekunde, nur so ins Gesicht zu pfeifen pflegte. Gleichzeitig mit dem Postboten traf ich in der Stipendiatenvilla ein. Auf der Treppe begegnete ich einem jener verschlafenen Genossen, welche zwar ahnten, daß ihnen der Zug der Zeit davongefahren war, die sich jedoch erneuten Anschluß von uns, die wir etwa zehn bis fünfzehn Jahre jünger waren, erhofften. Diese Erwartung würden wir ihnen nie erfüllen, freute ich mich, grüßte ordentlich zurück und gelangte endlich zur ersehnten Nachtruhe. Mit dem festen Vorsatz auf den Lippen, von nun an nur noch manchmal ins Innere der Stadt aufzubrechen, war ich bald eingenickt.

CHEMISCHE LÄUTERUNG

Konservative Note der Homosexualität, da, auf das Selbst zurückgeworfen, nur eigenes bestätigt werden kann. Diese, zugegeben, etwas konfus anmutende Sentenz fand ich am folgenden Tag, auf einen Bierdeckel gekritzelt, da ich mein Sakko zur Reinigung bringen wollte, in dessen Brusttasche vor. Ich hatte den flüchtigen Gedanken zu Papier, genauer zu Pappe gebracht, so erinnerte ich mich jetzt, als Elke und Gisela etwa für eine Viertelstunde in der Toilette jenes Cafés verschwunden waren, das wir nach unserem Aufenthalt an der innerstädtischen Demarkationslinie aufgesucht hatten. Vom Abort endlich zurückgekehrt, hatten die beiden Lesbierinnen zwei sogenannte Weiße mit Schuß bestellt und waren in hysterische, kaum endenwollende Lachsalven ausgebrochen. Jede weitere Bemerkung meinerseits war daraufhin dadurch unterbrochen worden, daß mir die Frauen den Mund zuzuhalten versuchten, immer wieder darauf hinweisend, daß meine Sprechstunde als nunmehr überschritten betrachtet werden müsse. Wie gesagt, hatte ich mich dann bald, längst selbst schwer angeheitert, erhoben und war schon am frühen Nachmittag in die Villa zurückgekehrt. Allein die auf den Bierdeckel gekritzelte Sentenz rief mir nun, auf dem Weg zum Kleiderbad, den tiefen Schmerz erneut ins Bewußtsein, der mich bereits auf der Kunsteisbahn bei der ersten Konfrontation mit der unglücklichen Veranlagung dieser Grazien ergriffen hatte. Und weil Grazien immer drei sind, ging mir noch auf dem Rückweg von der chemischen Reinigung nur eine Frage durch den Kopf, wo war Marlies.

ÜBER AUTODÄCHER

Nun gab es auch in dieser Stadt, wie in jeder Universitätsstadt, sogenannte Frauenkneipen, zwielichtige Lokale mit dem kommoden Flair von Wohngemeinschaftsdielen, deren Zutritt allein weiblichen Wesen vorbehalten war, eine, wie ich fand, so unsympathische wie unsinnige Einrichtung, andere, sogar der eine oder andere Mann darunter, behaupteten das Gegenteil. Wie dem auch sei, ich beschloß noch auf dem Rückweg vom Kleiderbad, all jene traurigen Lokale, die nur von Frauen frequentiert werden durften, abzusuchen. Ging man bei manchen etwa auf Zehenspitzen vorbei, soviel wußte ich, ließ sich der eine oder andere Blick nach drinnen werfen, würde ich nur geduldig genug sein, träfe der meine eines Tages jenen von Marlies, dessen war ich gewiß. Während der folgenden vierzehn Tage aber, die ich allabendlich mit der unerfreulichen Observation unnahbarer Frauen zubrachte, während derer ich sogar, der Einsicht halber, auf das eine oder andere Autodach gestiegen war, hatte ich weder Marlies noch übrigens Elke und Gisela, was letztlich für alle drei sprach, in einer jener Frauenkneipen mit auch nur einem Blick ausmachen können. Die traurige Krönung meiner ergebnislosen Unternehmung war ein verregneter Donnerstagabend gewesen, an dem ich, nach stundenlanger Observation der nach meinem Dafürhalten geschmackvollsten Damengaststätte von allen, trotz Herrenverbotsschildes, durch dessen Tür getreten war, um zu bitten, daß ich mir von dem im Windfang angebrachten Münzfernsprecher, durchnäßt wie ich war, eine Taxe bestellen dürfte, daraufhin aber auf das Vehementeste mit sogenannter Frauenpower aus dem Lokal entfernt worden war. Niedergeschlagen hatte ich mich daraufhin zu Fuß zur nächsten Nachtbushaltestelle aufgemacht. Jetzt war es an der höchsten Zeit, daß ich mich einmal wirklich konzentriert an die Schreibmaschine setzen und meine drei sapphischen Grazien zu vergessen versuchen würde. Allein, es sollte erneut ganz anders kommen.

JÜDIN AM KAMIN

Eines Abends bald danach befand ich mich in eben jenem Tanzlokal, wo sich, wie ich herausgefunden hatte, noch immer die attraktivsten Menschen der Stadt unterhielten, und prompt war ich auf der Tanzfläche immer wieder in die Nähe einer hübschen, großgewachsenen Jüdin geraten, welche sich in Begleitung eines Kerls befand, der keine weitere Neigung zum Tanz offenbarte, weshalb sich wiederum seine Angebetete auf dem Parkett immer wieder ganz ungeniert und nah an mir vorbeitreiben lassen, sogar dezent frottieren konnte. Verließ ich den Tanzboden, tat sie ein gleiches, und an der Bar trafen wir uns wieder. Ihr Kavalier aber faßte sie plötzlich ganz unvermutet am Arm und ging bewußtlos zu Boden. Nun stand einerseits ein Wetterumschwung ins Frühlingshafte bevor, die Luft im Tanzlokal andererseits war tatsächlich wie zum Schneiden. Die Jüdin aber, mit der ich, nachdem ich ihren Galan wieder aufgerichtet und zu einer vor dem Lokal bereitstehenden Taxe geleitet hatte, endlich ins Gespräch gekommen war, machte eine Vorgeschichte, von der ich naturgemäß nichts hatte ahnen können, für die Ohnmacht ihres Freundes verantwortlich. Demnach waren die beiden den ganzen Abend zusammen vor dem Kamin gesessen und hatten Platten gehört, neuseeländische Untergrundplatten interessanterweise, dann war die hübsche Jüdin aufgestanden, hatte einen Schuhkarton herbeigeholt, in dem sich, nach Mädchenart, des Freundes Liebesbriefe aus bald sieben Jahren gebündelt befanden, und mit einer raschen Bewegung hatte die junge Frau den ganzen Karton ins lodernde Kaminfeuer befördert, dem Verehrer aber keine weitere Erklärung gegeben, als daß sie nun eben jenes Tanzlokal aufzusuchen wünschte, von dem auch sie annahm, daß dort die angenehmsten Zeitgenossen der Stadt verkehrten. Eine Geschichte, die mich einerseits äußerst sentimental stimmen sollte, alle Schaffenspläne vorerst wieder durchkreuzte und schließlich bewirkte, daß ich fast eine ganze Woche mit nichts weiterem zubrachte als der Lektüre alter, von mir als Siebzehn- bis Achtzehnjährigem manisch vollgeschriebener Tagebücher und dem gelegentlichen Besuch einer Imbißbude, andererseits eine überzogene Ader der hübschen Jüdin bloßlegte, die mich zwar auf das äußerste faszinierte, gleichzeitig aber, und immerhin, da ich mich in den erwähnten adoleszenten Schwung versetzt sah, auf recht spätromantische Weise Abstand nehmen ließ. Den Zettel mit ihrer Telefonnummer und weiteren Niedlichkeiten hatte ich jedenfalls, einem jener das Leben literarisierenden Triebe folgend, die mich bereits als

Siebzehnjährigen ausgezeichnet hatten, gleich in den erstbesten Gulli geworfen.

So saß ich also nächtelang über meinen alten, meist karmesinrot eingebundenen Tagebüchern, zurückgeworfen auf die eigene Vergangenheit in einer fremden Stadt, die selbst nur Vergangenes, von ihren Stipendiaten, derer ich einer war, sich aber Zukünftiges versprach. Es erscheint der Stadtschreiber als moderner Hofnarr unserer Großstädte, notierte ich lakonisch auf der Rückseite einer Kleistbroschüre, welche ich einem fliegenden Händler am Kleistgrab abgekauft hatte, jener Stelle, an der sich der Dichter nebst Henriette um das Leben gebracht hatte, und die sich nur einige Steinwürfe von dem Gästehaus, in dem ich logierte, unweit auch der Stelle, an der meine Erzählung ihren unglückseligen Anfang genommen hat, finden ließ. Nun hatte ich von den latent sklavischen Regeln, denen ein jedes Städtestipendium unterworfen sein sollte, gewiß im vorhinein gehört, allerdings gleichzeitig naiv geglaubt, deren Ausnahme konstituieren zu können.

Wochenlang war ich durch die Zentren der Stadt gestreift, ihre Ersatzmitten, wie ich wußte, da der historische Nukleus längst im Osten lag, und hatte nur einen einzigen Vorzug entdecken können, nämlich die Abwesenheit einer zentralen Fußgängerzone. Zahlreiche Führer hatte ich durchgelesen, welche die Stadt von oben, unten, sogar von hinten zu erläutern trachteten, die ihren Serviceteil mit Überlebenshilfe betitelt hatten, und deren feuilletonistischer Teil sich mit der neumodischen Fragestellung aufhielt, ob diese Stadt tatsächlich eine geteilte oder nicht vielmehr eine gedoppelte war. Ich hatte fast alle Führer zuerst verschlungen und sogleich darauf verhöhnt, nur wenige nicht, darunter die Griebenbroschüre, aber auch den Siedlerschen Abriß, dessen Perspektive wenigstens auf der Pfaueninsel lag, in deren

ungefährer Nähe wiederum Gisela, Marlies und Elke das
östliche, in geographischer Hinsicht jedoch westliche Ufer
verlassen und sich auf das gefährliche Glatteis zwischen
den Hemisphären begeben haben mußten.

DIE FRESSE DES BÜRGERMEISTERS

Schön war diese Stadt tatsächlich nicht, sie besaß selbst in
ihrer Häßlichkeit kein Format. Schaufenster des Westens
ein Hohn, dachte ich, die sogenannte Schnauze der
Bewohner in Wirklichkeit eine unpolierte Fresse, wie die
gesichtslose Visage ihres Oberhauptes, der es nicht einmal
wert war, beim Namen genannt zu werden. Resigniert
schlug ich meine Aufzeichnungen zu und bekam nicht
übel Lust, den Bürgermeister dieser urbanen Wucherung,
in Wahrheit einer urbanen Verkrüppelung, zu beseitigen.
Nicht, weil er korrupt oder für alles verantwortlich gewesen wäre, an solche Erklärungen glaubte ich schon seit
zehn Jahren nicht mehr, auch nicht einfach so, wie wir es
in der Schule bei den Absurden gelesen hatten, sondern
aus keinem geringeren Grund als jener höheren Gerechtigkeit, die sich in persönlicher Genugtuung verbirgt. Ein
Opfer mußte her, und warum sollte es einmal nicht auch
der Oberhirte sein, der Oberbürgermeister, der hier, nach
Stadtstaatart, regierender Bürgermeister hieß, so delirierte
ich, nachdem ich die teuer verzollte tennesseeische Flasche
zum sprichwörtlich einundneunzigsten Mal ent- und wieder verkorkt hatte. Im tiefsten Innern aber hatte ich wohl
an einer reinen Wahrheit geschürft, mein aufrichtiges Miß-
trauen gegen alles Innere hingegen lenkte mich erneut zur
Oberfläche ab, eine abermals ins Poetische führende Bre-
chung, die sich, mit Hilfe des Whiskys, wiederum zu ver-

hängnisvoll amouröser Zerstreuung auswachsen, dem Bürgermeister aber einen weiteren Monat unbeschwerten Politisierens ermöglichen sollte.

BOAT PEOPLE

Kaum eine Woche lang hatte ich mich in meinem Turm verschanzt gehabt, da wurde das Haus von einem Heer prominenter Schriftsteller aus dem ganzen Bundesgebiet überfallen, und zwar zum Zweck einer sowohl ästhetischen als auch politischen Standortbestimmung, zum Versuch einer Annäherung, wie man sich ausdrückte, denn, wenn man sich schon führerlos auf hoher See befand, wollte man doch der Nußschale, in der man gemeinsam vor sich hin dümpelte, so etwas wie einen Namen geben. Drei Tage, ein Wochenende, hatte man sich hierfür freigehalten, drei Tage auch wohnte ich dem Unternehmen, und zwar kommentarlos, bei, diesen Leuten, das stand fest, durfte nicht geholfen werden. Allein jenen Teilnehmern, die sich ebenfalls während der gesamten Tagung bedeckt hielten, galt meine Sympathie, wie überhaupt diese ganze Versammlung so ziemlich ahnungslos in eine Zeit hineinplapperte, in der gerade das Schweigen zur kritischen Tugend geraten war. Was allerdings jene jungen Kollegen, die jüngst aus der DDR in die freie Welt hinausspaziert waren, naturgemäß nicht wissen konnten, also pöbelten sie artig drauflos, denn wer vom Osten in den Westen kam, hatte zu pöbeln. Schrill mußte die Namenswahl der Helden ausfallen, wild das Erzählte sich bäumen, rüpeln der Dichter im Saal. All dies wurde von östlichen Exilanten mit Vorliebe erfüllt, sie waren in eine noch größere Falle getappt als ich, der ich aus dem Westen zwar in den Osten gereist war, dort jedoch sofort jenen enklavischen Boden betreten hatte, der den Westteil zur ostdeutschen Hauptstadt ausmachte. Total verrückt, dachte ich, allein den Bewohnern dieser gequälten Millionenstadt kam eben das Verrückteste als das Allergewöhnlichste vor. Ich aber hatte den Schimmer des Paradoxen vor allem im Tautologischen zu schätzen gelernt, eine Errungenschaft, welche zu sabotieren dieser Ort wie geschaffen war. Derlei Gedanken machte ich mir allerdings während der schleppenden Tagung schamlos zur intellektuellen Schau gestellter Orientierungslosigkeit kaum. Tagsüber lachte ich mir, wie man sprichwörtlich sagt, ins Fäustchen, abends sprach ich dem guten Whisky zu, über die Lektüre jener vergangenen Elaborate gebeugt, die sich ins karmesinrote Wildleder gebunden befanden.

POTSDAMER ABKOMMEN

Ich befand mich nunmehr im bereits dritten Monat meines Stipendiums, der Umschwung ins Frühlingshafte hatte nur einige Tage angedauert, die Schiffe lagen noch immer ins Eis gefroren, ein Eisbrecher, der sich von dem entfernten Strom, der die Seenplatte durchzog, in unsere Bucht vorgearbeitet hatte, war nach dem jüngsten Temperatursturz wieder umgekehrt, wie auch der ungute Luftgestank noch des öfteren gekommen und gegangen war, da standen eines sonnigen Sonntags und völlig unverhofft meine drei Grazien vor der Tür und baten um Einlaß. Während sich Elke und Gisela in altgewöhnter Quirligkeit präsentierten, hatte die neue Heimat bei Marlies schon erste deutliche Spuren hinterlassen. Ein buntes synthetisches Haarteil auf den Kopf und ein monströses Akkordeon vor die Brust geschnallt, begann sie sofort, ein müdes, einsilbiges Liedchen anzustimmen, welches aus eben jenem schütteren Stoff gewirkt war, der mir das Flair dieser Stadt schon zu Beginn der achtziger Jahre verleidet hatte. Ich war sofort untröstlich, und das tatsächlich vollkommen Hanebüchene meiner Situation kam mir erneut schmerzlich zu Bewußtsein. Kaum etwas Abgeschmackteres ließ sich wohl in die Maschine tippen als die gezierten Verwirrnisse eines in die Fremde verschlagenen Literaten, der womöglich, gerade in lyrische Entfremdung geworfen, schon unter Amors Fittichen gelandet, dort mehr Aufschluß über seine Person erhält als in vertrauter, nämlich prosaischer Umgebung, wie sich die Fremde ihrerseits in des Zugereisten Seele angeblich tiefer und brillanter spiegeln läßt als etwa in den matten Gründen der Einheimischen, die ihrem fadenscheinigen Trott so acht- wie ahnungslos zu folgen scheinen. Während also Marlies, trotz allem schreienden Nylongewebe, das ihren süßen Kopf zierte, noch immer die hübscheste der drei Potsdamerinnen, ihr frisch erworbenes Schifferklavier traktierte, dazu die immer gleiche Sentenz psalmodierte, traf es mich wie ein Schlag, daß jeder Stipendiat, und zwar Stipendiat wessen auch immer, so restwie gnadenlos einem Dasein aus zweiter Hand ausgeliefert war, wie ich es sonst allenfalls mit dem Schauspielertum, das ich haßte wie kaum sonst etwas, in Verbindung gebracht hatte. Die Gastgeberstadt, vor allem die hiesige, tat das übrige, verdoppelte den abgeschmackten Effekt geradezu ins Groteske, ich hätte ebensogut nach Venedig reisen können, schoß es mir durch den Kopf, der ich auch für Italien bereits seit zehn Jahren nichts anderes als Haß hegte, Haß ist das Schlüsselwort, murmelte ich Marlies in den chansonnierten Vortrag, Selbsthaß oder Fremdhaß, da bleibt wohl immer letzterer vorzuziehen. Die Frauen allerdings schauten mich, kaum daß ich solches vorgebracht hatte, nicht wenig irritiert an, fünfzehn Minuten später aber schlürften wir Tee aus üppigen Krügen und erzählten uns Anekdoten über jene

Strafanstalt am Melanchthonplatz, in der man seit gut vierzig Jahren den nunmehr über neunzigjährigen Englandflieger gefangen hielt, ein Mann, der mir interessanterweise in letzter Zeit so gut wie unablässig durch den Kopf gegangen war. Ausgerechnet via Lindisfarne, die heilige Insel, hatte der Englandflieger die Küste angesteuert, in friedlicher Absicht, wie es heißt, aber schon kurz darauf war er in Gefangenschaft genommen worden, zuerst in die britische, später zusätzlich in die französische, amerikanische und sowjetische, worin er sich im übrigen bis heute befand.

Den Sportpalast aber, in welchem der klumpfüßige Chef-propagandist jenes untergegangenen Regimes, dem auch der Englandflieger angehört hatte, seine so beeindruckende wie anstachelnde Rede über den totalen Krieg gehalten hatte, hatte ich bereits eine Woche nach meiner Ankunft in totaler Einebnung vorgefunden, vielmehr also gar nicht vorgefunden. Allein eine Spielhalle trug noch den Namen des ehemals so populären Volkspalastes, an dessen Stelle man imposante Wohnblöcke kreuz und quer über Straßen und Bunker gezogen hatte, die mich an den sozialen Wohnungsbau der Engländer erinnerten, dessen verrotteter Gestalt ich erstmals als Untermieter eines arbeitslosen Iraners begegnet war, in eben jener tristen Gegend Londons, über der sich auf den meisten Stadtplänen die Legende verzeichnet befand. Wiederholt hatte ich auch diese, tatsächlich über einen monströsen Weltkriegsbunker gestülpten Wohnblöcke aufgesucht, sie keineswegs zwar betreten, mehrfach jedoch umschlichen, bis zu dem abweisend backsteinernen Fernmeldekomplex hin, der sich im Norden anschloß, und hatte dabei sogar, ganz unbeabsichtigt und für einen kurzen Moment, etwas wie sowohl städtebauliche als auch weltanschauliche Anmut ausmachen können. Einmal auch war ich unweit dieses geschichtsträchtigen Bodens in eine Bar geraten, welche

Potsdamer Abkommen hieß und bis vor kurzem einem Bordell zugehört hatte. Noch immer konnte man sich hier, bei aufdringlich karmesinroter Beleuchtung und leichtgeschürzter Bedienung, in manchem chambre separée niederlassen, von denen das beliebteste übrigens mit einem gynäkologischen Stuhl möbliert worden war.

Gisela, Marlies und Elke hingegen hatten einen vollkommen anders gearteten Geschichtsunterricht genossen, weshalb sich mit ihnen, sowohl was den Englandflieger des Reiches als auch die Dissidenten des zweiten deutschen Teilstaates betraf, so einfach kein philosophisches Einvernehmen erzielen ließ. Die Republikflucht der hübschen Potsdamerinnen verkomplizierte die Sache sogar, denn ich reagierte bereits seit einigen Jahren auf alle diskursiven Entgleisungen, egal ob am Stammtisch oder im Feuilleton, mit Vorliebe strikt stalinistisch, ein Ding der Unmöglichkeit, solches vor Marlies, Gisela und Elke, die gewissermaßen noch unter streng stalinistischer Knute großgezogen worden waren, zu plausibilisieren. Erst kürzlich hatte ich dennoch Anlaß gehabt, mich darin erneut bestätigt zu sehen.

VOM MEINEID DER MEINUNG

Gerade zwei Tage vor dem Überraschungsbesuch meiner drei Grazien war ich mit zwei Redakteurinnen der örtlichen Fernsehanstalt verabredet gewesen, zu einem Arbeitsgespräch, bei dem mir die attraktiven Enddreißigerinnen wahlweise Dickmilch oder Schonkaffee angeboten hatten, und das, nachdem mich die Damen bei einer vorangegangenen Lesung ins literarische Herz geschlossen hatten, auf die meinerseitige Übernahme einer Kolumne für ein sogenanntes junges Magazin hinauslaufen sollte, wobei ich darauf zu achten gehabt hätte, meinen Stil, etwa politische Belange betreffend, sowohl aus dem Bauch kommen zu lassen als auch mit Zynismus nicht sparsam zu würzen, wie übrigens auch der Name der Kolumne bereits feststand, nämlich Meine Meinung, was aber gab es bereits seit den siebziger Jahren schlimmeres als Meinungen. Vollkommen benommen und mit restlos gelähmter Imagination war ich daraufhin aus dem Fernsehgebäude gestolpert, der unheilvollen Ahnung ausgeliefert, nie wieder für ein öffentliches Medium arbeiten zu können und also in Zukunft zunehmend auf das Gekünstel von Dichterischem, die Schriftstellerei, angewiesen zu sein. Wer aber vor mir war schon aus solcher Not, die mit dem berühmten musischen Leidensdruck äußerst wenig gemein hat, zum Künstler geworden.

Allein, um mich etwas aufzuheitern, hatte ich den nächsten Bus in die Stadt genommen, wo ein aufstrebender Schriftsteller, dessen Namen nachzuschlagen ich im Augenblick zu bequem bin, aus seinem neuen Roman lesen sollte, einem sogenannten Verständigungstext, wie der Vierzigjährige betonte, und in welchem der Autor dann witzelnd über die politische Vergangenheit seiner selbst wie seiner ganzen Generation herzog, was mich wiederum untröstlich und stalinistisch stimmte, denn dazu hatten wir nicht jahrelang auf die Linken eingehackt, daß diese sich nun genußvoll und eitel auf die eigene Schaufel nahmen, von uns aber sich zynische Glossen über das lustige Elend der Welt erwarteten. Etwas war hier schief-, zumindest totgelaufen, soviel stand fest, und in solch diskreditierter Lage hatte eine gute Portion Stalinismus, da war ich mir mit manchen meiner Generationsgenossen einig, noch nie geschadet, zumal ich mich anläßlich der von selbstgefällig selbstironischem

Zuschauerschmunzeln begleiteten Lesung des Vierzigjährigen schlagartig daran erinnerte, daß auf der Schriftstellertagung, der ich drei Tage wortlos beigewohnt hatte, jeder linke Orientierungsverlust höchst sentimental an eben jenen Moskauer Prozessen festgemacht worden war, die der strenge Vorsitzende der KPdSU so eisern in Gang gesetzt hatte, und deren Urteile bereits vollstreckt waren, bevor auch nur einer der anwesenden Schriftsteller bis drei hatte zählen können. Auch auf der Tagung hatte es mich stalinistisch durchglüht, wäre ich nur besser vorbereitet gewesen, ich hätte mich erhoben und eine flammende Stalinhommage gehalten, denn Zensur hieß mein Motto seit Mitte der achtziger Jahre, und zwar Zensur von unten, schade nur, daß Gisela, Marlies und Elke dies nicht verstanden, nicht verstehen konnten, nicht durften. So blieben uns der Tee, das Akkordeon und der Blick auf den See.

Dabei konnte ich noch von Glück reden, denn Freunde, die nur zwei oder drei Jahre älter als ich waren, zählten sich in mancherlei Hinsicht bereits zu den Vierzigjährigen, sie waren schon mit dreiunddreißig vierzig, Schlußlichter gewissermaßen, durch ältere Brüder oder ähnliches in letzter Minute auf eine bereits marode Fährte gelockt. Ich aber befand mich in der seltsamen Lage, von dem aktuell genetischen Schub einer der Ältesten zu sein, mein Wort zählte sogar noch im Ohr des um mehr als zehn Jahre Jüngeren, längst hatte ich mich mit dem Gedanken vertraut gemacht, demnächst von einer neuen Woge einfach weggespült zu werden, im günstigeren Fall einer solchen vielleicht auch standhalten zu können, allein, eine solche Woge war weit und breit nicht in Sicht, eine nervöse Situation, die mir ein befreundeter Kollege, der sich dem Gedankengut des Posthistorismus verpflichtet sah, mit dem Ende aller Subkulturen zu erklären versuchte. Ein Thema, für das ich Gisela, Marlies und Elke übrigens ebensowenig zu begeistern imstande war wie für meinen dandyistischen Stalinismus. Sie waren zwar lesbische Flüchtlinge, aber jung und hübsch, wenn jemandem der Globus gehörte, dachte ich, dann ihnen, denen ich die Weltkugel übrigens nur allzugern selbst zu Füßen gelegt hätte, allein, ich hätte nichts Lächerlicheres tun können. So tauschten Elke und Gisela vor meinem sehnsüchtigen Blick die mitunter fast intimsten Zärtlichkeiten recht ungeniert aus, während Marlies mit ihren wunderschönen, perlengleichen Zähnen auf einem Stück Süßholz herumnagte, eine Angewohnheit, die sie aus der DDR mitgebracht hatte und die im Westen abzulegen sie keine Neigung zeigte. Süßholzraspeln aber nennt man jenes galante Flöten, das mir in dieser Situation als das Allerunmöglichste überhaupt erschien.

DURCH PREUSSENS ARKADIEN

Also schlug ich schließlich vor, daß wir uns auf einen Spaziergang begeben sollten, wenn schon nicht über den immer noch zugefrorenen See, denn hierzu tendierten die Grazien verständlicherweise kaum, tatsächlich besaßen die Warnbojen in der Mitte des Gewässers etwas Abweisendes, so doch entlang der Uferwege, wo sich die verrücktesten Villen, ja Schlösser säumten, Burgen aus dem neunzehnten Jahrhundert, von beklopften Adeligen errichtet, mitunter auch, so die Villa, in der ich logierte, von jüdischen Bankiers, die kaum fünfzig Jahre später enteignet werden sollten, die Gelage der SS, die daraufhin in den Prunksälen abgehalten wurden, zählen zu den finstersten Kapiteln der deutschen Geschichte überhaupt. Die Mädchen waren sofort Feuer und Flamme, und so begaben wir uns ins Freie.

Bereits in den vorangegangenen Wochen war ich zur Unterbrechung meiner Tagebuchlektüre mit Vorliebe eben nicht zur Innenstadt, sondern, in entgegengesetzter Richtung, zur Agentenbrücke aufgebrochen, die in unwirklicher, durch den künstlichen Eingriff des Menschen, in diesem Fall den architektonischen der preußischen Monarchie, geradezu überwirklicher Landschaft inmitten von Jagdschlössern, Lustgärten und Liebeslauben, aber auch stattlichen Residenzen und Kathedralen lag, von denen sich eine zwar malerisch am anderen Ufer gelegen, aber gottverlassen inmitten des tückischen Todesstreifens wiederfand. Ihr freistehender Turm, einem italienischen Kampanile nachempfunden, mochte heute der östlichen Grenzpolizei als prunkvoller Hochsitz dienen, tatsächlich glichen auch die zahlreich umherstehenden Wachtürme dem reduzierten Archetypus eines Kampanile. Als ich diese Szenerie mit Marlies erreichte, denn Elke und Gisela waren zuvor in Richtung Pfaueninsel abgebogen, hatte man von östlicher Seite aus eine Limousine, auf deren Dach sich ein Rodelschlitten und eine Truhe geschnallt befanden, bis zur Mitte der Agentenbrücke gerollt, vielleicht, um westlichen Fotografen die Illusion ungestörten Grenzverkehrs zu bieten, möglicherweise auch aus einem ganz anderen, eher profanen Grund, von Osten her war ohnehin alles verriegelt und vermint, es sei denn, man gehörte einer alliierten Militärmission an, Marlies aber erkannte plötzlich in der Ferne das Dach jenes Potsdamer Hochhauses wieder, in dem sie ihre erste Liebesnacht verbracht hatte, mit einem Jungen im übrigen, der mir nicht unähnlich gewesen sei, der gleiche Blick, das heißt, die gleichen graugrünen Augen. So begann ich, mitten im Grenzland, erneut zu hoffen.

Marlies jedoch war zuerst von der heterosexuellen Liebe, dann auch von Potsdam, auf das ich nun sehnsüchtig meinen

Blick heftete, abgekommen. Quälend ging mir den ganzen Rückweg, auf dem wir uns bald befanden, der ungute Gedanke durch den Kopf, daß ausgerechnet mein östlicher Doppelgänger die hübsche Potsdamerin jedes weiteren gegengeschlechtlichen Interesses überdrüssig gemacht haben könnte. Marlies aber hatte ihren Arm um meine Hüfte gelegt und wunderte sich, wo Elke und Gisela blieben. Jene hatten, wie wir später erfuhren, die Gelegenheit genutzt, kostenlos auf der Pfaueninsel umherzuwandern, denn auch dort lag, wie überall in der Gegend, das Fährboot fest ins Eis gefroren, weshalb es jedem Besucher möglich war, gratis und trockenen, allenfalls kalten Fußes auf das verzauberte Eiland zu gelangen, so auch Elke und Gisela, während Marlies und ich, nachdem wir die Waldstrecke hinter uns gebracht hatten, zwischen den Kitschburgen des verrückten Adels umherstreiften und Klingelstreiche spielten. Immer schon hatten es die Frauen vermocht, mich in die raffiniert unschuldige Sphäre der Kindheit zurückzulocken, und nur selten hatte ich solches später zu bereuen gehabt.

LINIE IM EINSATZ

Nachdem Elke und Gisela, auch als Marlies und ich bereits eine Stunde in meinem Turm auf die beiden gewartet hatten, noch immer nicht aufgekreuzt waren, erlaubte mir die schöne Potsdamerin, daß ich sie ein Stück ihres Heimweges begleiten durfte. Unweit einer Haltestelle, an der ich, wie nun mit Marlies, von einem in den anderen Bus umzusteigen pflegte, befand sich ein kleines Waffengeschäft im Familienbetrieb, von dessen Schaufenster ich bereits wiederholt wie magisch angezogen worden war, ein jedes Mal von der ambivalenten Erinnerung berührt, daß ich mit dem Gedanken gespielt hatte, den Bürgermeister der Stadt, deren Gast ich seit bald einem Vierteljahr war, zu liquidieren. Heute jedoch war mir die Reminiszenz dieses kindischen Plans erstmals nicht peinlich, denn jetzt wußte ich, daß ich es, wenn ich es tun würde, für Marlies täte, wodurch ich auch jene höhere Gerechtigkeit, die innerer Genugtuung innewohnt, keinesfalls gefährdet, eher gekrönt sah. Selbst der amerikanische Präsident war einem ähnlich gelagerten Attentat, einem Mord aus Verehrung, für eine minderjährige Schauspielerin, wie ich mich erinnerte, beinahe zum Opfer gefallen. Marlies im übrigen zollte dem Waffengeschäft keine besondere Aufmerksamkeit, was ich begrüßte, denn das Großartige hatte sich schon immer im Unverhofften am effektivsten ausgenommen. Geburt der Liebe aus dem Tod des Bürgermeisters, fieberte ich, nachdem Marlies plötzlich den Bus verlassen, mir aber verboten hatte, sie bis vor die Haustür zu begleiten. An der nächsten Haltestelle jedoch stieg auch ich aus und nahm auf der Gegenfahrbahn den erstbesten Bus stadtauswärts. Tatsächlich reichten die öffentlichen Omnibuslinien bis an die äußerste Peripherie dieser denkwürdigen Millionenenklave, aber lediglich an zwei Stellen gab es einen die Grenze auch nur knapp überschreitenden Pendelverkehr, dies mit Hilfe schmuckloser Linienbusse, deren Werbeflächen bezeichnenderweise blanko belassen worden waren, und dessen eine Linie, wie die andere unter der schlichten Bezeichnung E für Einsatz firmierend, in unmittelbarer Nähe der Senatsvilla ihren Ausgang nahm.

Der Frühling stand, wie man sagte, bereits ins Haus, allein das Quecksilber des Thermometers zeigte keinerlei Absicht, über die Null zu klettern. Eine Lesung auf westdeutschem Boden hingegen führte mich für zwei Tage ins Mutterland, genauer ins Rheinische, wo der Schnee bereits geschmolzen sein sollte. So machte ich mich auf die Reise, und zwar per Bahn, vorerst durch jene Teile des Vaterlandes, derer der Westen mit dem Ausgang des letzten Krieges verlustig gegangen war. Aufgewühlt saß ich im Speisewagen und beobachtete, wie der westdeutsche Bundesbahnober einer ostdeutschen Reichsbahnschaffnerin mit generöser Geste zwei eingewickelte und panierte, wenngleich kalte Schnitzel zusteckte, woraufhin sie sich von dem feisten Mann kokett in den Arm nehmen ließ, wie auf den Arm, so in den Arm, mochte man glauben, am Nachbartisch aber saßen fünf reiseprivilegierte Thüringer, die westfälischen Schinken bestellt hatten, genußvoll sich dessen vielgerühmtes Aroma zur Nase fächelten, die mageren Scheiben dann mit Ketchup übergossen und schließlich mit Ostmark bezahlten, noch hat sich Deutschland nicht auseinandergelebt, ging es mir plötzlich durch den Sinn. Zumal mir die ostwestliche Dehnung meiner Reiseroute ein nationalgeographisches Gefühl vermittelte, das ich bislang nur mit dem untergegangenen Reich in Verbindung gebracht hatte. Westdeutsches Reisen hingegen verlief nach der Regel in streng nordsüdlicher und also so gut wie transpreußischer Orientierung. Ich setzte meinen Kopfhörer auf, denn ob derlei Weltenkomplexität wollte ich mich lieber volldröhnen lassen als in allzu patriotisch gestimmtem Sentiment zu versinken, nämlich volldröhnen lassen mit jenem nordenglischen Krach, der mir gerade der liebste war. Doch wühlte mich die Strecke noch des öfteren auf, denn sie passierte sowohl die Elbe unweit der Stelle, wo mein Vater diese in den letzten Kriegstagen überwunden hatte, durchkreuzte die ostniedersächsischen Lehr- und Wanderrouten Moritzens wie meines Großvaters und führte an der verlassenen leinestädtischen Stadtwohnung meiner Jugendliebe vorbei, in der ich sie, nachdem sie aus Studiengründen von unserem Schulort hatte wegziehen müssen, heimlich besucht hatte, ließ das Internat, in welchem ich in den späten siebziger Jahren Teilnehmer eines Zivildienstseminars gewesen war, ebenso links liegen wie einen modisch desolaten Klub, in dem ich bereits 1981 gastiert hatte, und die westfälische Holzverarbeitungsmaschinenfabrik, mit deren Unternehmer sich eine hochbetagte Tante meiner Mutter in den zwanziger oder dreißiger Jahren vermählt hatte und deren verschwenderischer Reichtum mich als kleinen Jungen bis zur Paralyse eingeschüchtert hatte. So war ich also, ich konnte reisen, wohin in Deutschland ich nur wollte, in jedem Augenblick, und bei allem nordenglischen Krach, durch und durch Sohn dieses Landes und seiner Geschichte.

MIT FLIEGENDEN FAHNEN

Am Ziel aber wimmelte es nur so von Sonnenbrillen, was mir total verrückt vorkam, da eine allenfalls lauwarme Sonne am diesigen Himmel stand, wenigstens stimmte hier das statistische Verhältnis der Geschlechter, und ich genoß den adretten Anblick mancher Rheinländerin in vollen Zügen. Entweder gab es in der Gastgeberstadt meines Stipendiums, welche nun in vorübergehender, aber durchaus wohltuender Ferne lag, überhaupt so wenige Frauen, oder diese zogen es vor, zuhause zu bleiben, was übrigens verständlich gewesen wäre und eine beliebte Vorstellung in den popversessenen frühen achtziger Jahren war, als einem nichts so hoch angerechnet wurde wie die Eroberung einer häuslichen Hübschen, die man zuvor eben nicht in jenem öffentlichen Klatsch und Trubel hatte ausmachen können, der die gerade nach oben taumelnde Subkultur beherrschte. Am Abend konnte ich eine glänzend besuchte Lesung verbuchen. Hatte man seinen Namen erst in der Fremde publik gemacht, und mochte es auch das Rheinland sein, dem ich früher seines geselligen Lärmes halber gern aus dem Weg gegangen war, brauchte man nur seinen Hut an den Nagel zu hängen, und schon war man, wie die Engländer sagen, zuhause.

Tatsächlich dachte selbst ich ab diesem Tag gern an das Rheinland zurück, was ich mir wiederum kaum eingestehen mochte, denn bereits seit einiger Zeit zog jenes alles über den selben morschen Kamm artifizierende Pack hierher, das nur ein paar Jahre zuvor mit fliegenden Fahnen in die ehemalige Reichshauptstadt gezogen war. So bleibt man, dachte ich, zwar ewig auf der Flucht, kaum aber auf der Strecke, ein Glück, daß ich mich rechtzeitig ins peripherisch Süddeutsche davongemacht hatte, wo sich der Tugend teilnehmender Beobachtung in mehr als soziologischer, nämlich philosophischer Hinsicht nachgehen ließ. So oder ähnlich mochte ich meine Gedanken gelagert haben, als ich, den Schlaf erwartend, auf der Couch einer ortsansässigen Gesellschaftsdame ruhte. Bereits am nächsten Tag reiste ich erneut nach Osten ab. Daß mir nun auch dieser, vor allem dessen westliche Enklave, die ich seit Januar bewohnte, plötzlich ganz vertraut, ja heimatlich vorkam, erschreckte mich allerdings nicht wenig. Schon bald würde ich das kleine Waffengeschäft aufsuchen müssen, beruhigte ich mich beim Aufschließen des Turmzimmers. Die lange Bahnfahrt hatte mich müde gemacht.

An einem baldigen Wochenende aber, als auch vor meinem Fenster nur noch vereinzelte Eisschollen trieben, erhielt ich endlich Besuch von meinem westdeutschen Freund. Bereits am ersten Abend seines hiesigen Abstechers fanden wir uns auf der Flaniermeile der Stadt wieder, über welche sich eine dichte Masse pastellfarben gekleideter Wochenendler schob. Die Turnschuhe, die sie trugen, verliehen ihnen jedoch nicht den federnden Gang, den die Werbung versprochen hatte, vielmehr schien sich diesen Zeitgenossen mit jedem Schritt der ganze Boden aufzutun, kaum, daß man noch von aufrechtem Gang sprechen konnte, hier schienen ein weiteres Mal die USA zu winken. Mein westdeutscher Freund und ich betraten eine Filiale unserer favorisierten Selbstbedienungsrestauration. Waren wir schon auf der Straße in misanthropische Nachdenklichkeit geraten, traf es uns nun, mit dem ersten Biß ins warme Brötchen, wie der Schlag. Ungeachtet des am selben Tisch speisenden Pärchens begannen wir, uns über die unseligen sozialen Wucherungen der Freizeitgesellschaft auszulassen, diese nämlich erschien uns, als riefe sie geradezu nach dem Einsatz der Atombombe, auch erweckten die Warteschlangen am Tresen den Eindruck, daß hier Vieh zur Schlachtbank geführt wurde. Das Essen aber schmeckte wie eh und je, allein dem benachbarten Pärchen, das unsere Konversation mit erstaunter Miene verfolgte, schien mancher Bissen im Hals stecken geblieben zu sein. Wir aber fanden uns bald, von übrigens der selben Meute eskortiert, in einem Kino ein, man konnte sagen, daß zwei Drittel der Tonspur sowohl im Applaus als auch Gegröhle der pastellfarbenen Gesellschaft untergingen. Dieses Volk hatte schon Weltkriege entfesselt, wohingegen wir offensichtlich den falschen Film gewählt hatten.

Tatsächlich befand sich an der S-Bahnstrecke, die ich mitunter benutzte, eine sogenannte Rampe, von der im dutzendjährigen, auch tausendjährigen Reich schockweise Juden abtransportiert worden waren, und an deren Stelle man heute sein Auto auf einen Reisezug verladen lassen konnte, falls einem der Straßenzustand der Transitstrecke allzu schlecht, also dem Fahrgestell oder Gemüt unzumutbar vorkam. Jedoch befanden sich die Autoreisezüge in ebenso ostdeutscher Hand wie alle Transitstrecken, sogar die niedrigen Luftkorridore wurden noch immer dermaßen strikt kontrolliert, daß kein westdeutsches Flugzeug diese durchmessen durfte. So mußte man etwa mit amerikanischen Maschinen fliegen, mit englischen oder französischen, eben jener westdeutschen Besatzungszone entsprechend, in der man seinen Wohnsitz gefunden hatte. Wir leben in einer gevierteilten Nation, hieß es, und wenngleich wir durch die konsequent linke Schulung der frühen siebziger Jahre gegangen waren, war uns keine zehn Jahre darauf die sakrilegische Erkenntnis gedämmert, daß die Nation so leicht gar nicht teilbar war, was würden hier erst unsere Enkel unternehmen. Derlei Gedankengut ausplaudernd, fanden mein westdeutscher Freund und ich uns am späteren Abend in einer Whiskybar wieder, welche zwar von jener ungepflegten Clique frequentiert wurde, die mich während der vergangenen Monate wiederholt in schlechte Stimmung versetzt hatte, der ich nun aber, auf Grund unserer vorangegangenen Begegnung mit der pastellfarbenen Wochenendhorde, den eindeutigen Vorzug gab, einer Feierabendschicht übrigens, die in anderen Städten bereits ab Freitag ins Grüne drängte, hier aber, nicht zuletzt auf Grund der politischen Gegebenheiten, scharenweise und regelmäßig ins schwarze Loch der sonnabendlichen Flaniermeile stürzen mußte. Die tatsächliche, die geographische Stadtmitte mochte derweil wie ausgestorben daliegen.

DIE KLEINEN UNTERSCHIEDE

Allein, auch im Osten der Stadt sollte man, hieß es, moderat belebte Viertel ausmachen können, daß diesen nunmehr unsere ganze Sehnsucht galt, mag verständlich erscheinen. Mit allem guten Willen, der uns beseelte, würden wir schon am Montag die Demarkationslinie überqueren und fündig werden. Gesagt getan. Bereits mit der arbeitenden Bevölkerung hatten wir uns also aufgemacht und die S-Bahn auch dann nicht verlassen, als diese sich anschickte, den Todesstreifen im Viadukt zu überqueren. Die Warteschlangen an den Abfertigungsschaltern hätten kaum kürzer sein können, so stellten wir uns denn guter Dinge an. Da mir mein Freund den Vortritt ließ, hatte ich bald alle Kontrollen passiert und spazierte neugierig ins muntere Treiben der östlichen Wandelhalle hinein. In nur wenigen Jahren hatte sich hier einiges verändert, und ich zeigte mich nicht wenig erstaunt darüber, daß der Ostdeutsche von seinem westdeutschen Pendant kaum mehr zu unterscheiden war, nicht einmal am Schnitt seines Kragens, geschweige denn an der Fasson seiner Koteletten. DDR-Koteletten dagegen trug heute eher mein westdeutscher Freund, dessen Zurückbleiben mich langsam zu irritieren begann. So wandelte ich also auf und ab, wie gesagt neugierig, vielleicht würde ich ja per Zufall jene eiserne Tür entdecken, durch die man hin und wieder zwielichtige Ostagenten in den westlichen Nahverkehr einzuschleusen pflegte. Nur einige Tage zuvor war ich im Westen tatsächlich Zeuge geworden, wie man einen finsteren Drusen aus der S-Bahn gezogen und wieder nach Osten geschickt hatte. Hatte man übrigens seinen Handschuh auf einem westlichen Fernbahnsteig verloren, mußte man ebenfalls in den Ostteil der Ortschaft reisen, denn die Fernbahnsteige des Westens gehörten nun einmal dem Osten, so lag auch das Fundbüro

jenseits des eisernen Vorhanges, unweit möglicherweise auch
der eisernen Tür, durch die man obskure Araber zu schleusen
pflegte, undurchsichtige Gestalten, von denen erzählt wurde,
daß sie nichts anderes im Sinn hätten, als westliche Diskothe-
ken in die Luft zu jagen, was mich wiederum an das sonn-
abendliche Erlebnis mit meinem westdeutschen Freund erinnerte und erneut die so brennende wie bohrende Frage
nahelegte, wo, zum Teufel, dieser nur blieb.

Einfach zurückspazieren konnte ich nicht, denn erstens
mußte man hierzu einen ganz anderen Gang, nämlich den
durch die Tränenhalle, wie der Voksmund sagte, nehmen,
zweitens hatte ich bereits fünfundzwanzig Westmark
zwangsweise in Ostmark, die nur einen Bruchteil der ersteren
wert waren, umtauschen müssen, von denen ich wiederum
keinen Pfennig in den Westen mitnehmen durfte. Verdammte
Scheiße, dachte ich und eilte, in tiefer Sorge um das Wohler-
gehen meines Freundes, der nächstbesten Ladenstraße entgegen. Im hinteren Kurdistan hätte ich mich nicht unsicherer
fühlen können, allein, ich befand mich lediglich im anderen
Teil meines Vaterlandes. Mit einer schwarzen Kunststoffak-
tentasche, die mich, ihres klassischen Schnittes wegen, sofort
angesprochen hatte, kehrte ich etwa zehn Minuten später in
die Tränenhalle ein. Meinen westdeutschen Freund aber fand
ich völlig niedergeschlagen auf dem Westbahnsteig wieder.
Der geht zurück, mit diesen Worten war er von einem
Beamten zum anderen gereicht worden, hatte sich schließlich
bis auf die Unterhose ausziehen müssen, und war tatsächlich,
ohne die geringste Angabe eines Grundes, zurückgeschickt
worden. Sein großer Traum, die neue Wache, unter deren
ewiger Flamme die blutige Erde aus neun Konzentrationsla-
gern und Schlachtfeldern eingelagert worden war, endlich
einmal auch persönlich in Augenschein nehmen zu können,
sollte bis auf weiteres unerfüllt bleiben.

Stunden später fanden wir uns, auf westlichen Boden zurückgekehrt und dennoch Polen näher als der Bundesrepublik, in einem schmucken Café wieder, das vor allem von fleißigen Medizinstudentinnen besucht wurde. Hier hatte es meinem Freund bald die Bedienung angetan. Beugte sich diese über unseren Tisch, um etwa die Bestellung aufzunehmen, bot sich, da der Sonnenschein bereits so gut wie waagerecht ins Lokal fiel, der Anblick eines sowohl bezaubernd hellbraunen Augenpaars als auch samtweich blasser Puderhaut. Woraufhin ich übrigens verzichtete, den Freund über all die erblühte Schönheit der ostdeutschen Mädchen aufzuklären, denen ich während meines zwar hektischen, aber höchst aufschlußreichen Kurzaufenthaltes in der Hauptstadt des anderen deutschen Nachkriegsstaates begegnet war. Überhaupt hatte ich im Ostteil der geteilten Metropole, viel eher als in deren Westteil, so etwas wie einen einheitlichen, vor allem eindeutigen Menschenschlag ausmachen können. Unzähligen schwangeren Frauen war ich begegnet, gleich viermal hatte ich jungen Müttern in der Wandelhalle helfen müssen, ihre Kinderwägen über die Rolltreppe zum Bahnsteig hochzuschaffen. Keine lahmarschigen Stuttgarterinnen etwa schleppten sich hier durch die Straßen, keine doofmännischen Nürnberger versammelten sich an den Häuserecken, hier war sogar der Dialekt noch rein, was würde nur geschehen, fragte ich mich, wenn sich die vielen kleinen Unterschiede, die sich seit der Spaltung unserer Nation in den vierziger Jahren ergeben hatten, zunehmend wieder im gleichen verlören. Könnte man von Wiedervereinigung zu sprechen beginnen oder würde man sich zur ostdeutschen Bevölkerung verhalten müssen wie heute etwa zum Österreicher. Eine Fragestellung, für die mein sich angesichts unserer attraktiven Bedienung langsam erholender Freund nicht allzuviel Verständnis aufbrachte. Wer die kleinen Unterschiede hochleben ließ, bemerkte dieser beim dritten Milchkaffee nur, dem blühte schon immer das Beste aus allen Welten.

So schenkte ich meine ganze Aufmerksamkeit dem Nebentisch, tatsächlich leicht verstimmt darüber, wieder einmal durch den verrückten Status dieser Stadt auf die elementarsten Selbstverständlichkeiten zurückgeworfen worden zu sein. Am Nachbartisch aber befand sich ein eifrig palaverndes Pärchen, dem eine Viertelstunde zuzuhören sich womöglich lohnen würde. So redeten die beiden etwa von dem Vorzug sonntagvormittäglich genossener klassischer Musik, wohingegen diese am späteren Abend nicht die geringste, vor allem keine erotische Ausstrahlung besäße, weiterhin, daß es sich in ihrem Viertel, übrigens jenem Altbauviertel, in dem sich auch das Café, in dem wir saßen, befand, recht gemütlich leben ließe, geradezu wie in einem Dorf, wo ebenfalls ein jeder seinen Nachbarn kenne, und worin, im Dörflichen, einer der Hauptvorzüge dieser Stadt läge, auch stellten sie fest, daß es mit den besitzergreifenden Gesten des Partners immer eine besonders problematische Bewandtnis auf sich habe und die Reclamheftchen schon immer die beste Grundlage für das Schauspielstudium gewesen seien. Einen Reclamverlag aber, so schoß es mir durch den zermürbten Kopf, gab es sowohl in Stuttgart wie in Leipzig, und beide stritten sich darum, der wahre zu sein. Hatte sich das übrigens rothaarige Mädchen am Nachbartisch anfänglich recht verführerisch, und was das Verhältnis zu ihrem dümmlichen Partner betraf, dominant ausgemacht, verlor sie jedoch mit dem stereotypen Hergang des Gesprächs ihren gesamten Charme, was war ich früher hinter nahezu jeder rothaarigen Frau hergewesen, dachte ich, allein, bereits seit einigen Wochen reagierte ich fast nurmehr auf jene dunkleren Zonen des weiblichen Spektrums, deren Reiz ich durch die umwerfende Bekanntschaft mit Marlies und ihrem brünetten Schopf erlegen war.

DER DRITTE ODER VIERTE FRÜHLINGSTAG

Mein westdeutscher Freund war wieder abgereist, und auf dem See wurde endlich der Bootsverkehr aufgenommen, die Zeitungen vermeldeten, daß derzeit Hasel- und Erlenpollen schwache bis mäßige allergene Belastungen verursachten, und zwar in einem Ausmaß von vierzehn Erlen-, aber nur sieben Haselpollen je Kubikmeter Luft, ein Glück nur, daß ich kein Allergiker war. Auch begann sich meine Aversion gegen die Viermächtestadt mit zunehmendem Einschreiten des Frühlings in Wohlgefallen aufzulösen, was mich im übrigen beunruhigte, denn so hatte ich mit meinem Schicksal nicht gewettet. Ich riß die Fenster meines Turmes auf, um den Geschützdonner der Amerikaner besser vernehmen zu können, lugte durch die Gitter ihres nahegelegenen Truppenübungsplatzes, schlich mich in ein französisches Militärkasino, lungerte vor englischen Kasernen herum und begann langsam wieder zu hassen, denn mein Argwohn gegenüber den Alliierten hatte sich schon immer, da brauchte ich nur ein bißchen in die Geschichte abzutauchen, recht einfach kultivieren lassen. Was aber, in Teufels Namen, hatte ich eigentlich gegen den Bürgermeister einzuwenden, fragte ich mich plötzlich, einer amerikanischen Schulklasse gedankenlos hinterhertrottend. So durfte ich indessen gar nicht erst zu räsonieren beginnen, und mir fiel glücklicherweise ein, daß ich es, wenn ich es denn tun sollte, für Marlies täte. Ein Kioskschwätzer am Bahnhof hatte mir allerdings nur einige Tage zuvor anvertraut, daß es in dieser Stadt tatsächlich noch die Todesstrafe gab, ich brauchte nur einen alliierten Militär um die Ecke zu bringen, schon baumelte ich am nächsten Galgen. Nun besaß die Herausforderung der Todesstrafe etwas durchaus Verlockendes, und vielleicht sollte ich, dachte ich, anstatt des Schulzen lieber einen hohen

General oder, besser noch, einen einfachen Soldaten, der ohnehin zu nichts anderem bestimmt schien, umlegen. Schließlich gab es noch immer keinen Friedensvertrag, und warum sollte ich nicht mit einer einzigen großartigen Tat den zweiten Weltkrieg um schlagartig zweiundvierzig Jahre verlängern. Ein amerikanisches Schulkind hatte sein Schwämmchen verloren, ich trug es ihm nach, und es dankte mit einem artigen Knicks.

So ging mir also mancher Unsinn, unter den sich der eine oder andere auch kluge Gedanke verirrt haben mochte, durch den Sinn. Typisch Loner, dachte ich, aber was hatte ich je abstoßender gefunden als die amerikanische Figur des Loners. Ich ließ die Negerkinder abbiegen und setzte meinen Spaziergang geradeaus fort. Da ich mich auf einer Ausfallstraße befand, war es nur logisch, daß ich, nach längerem Marsch, die Stadtgrenze erreichen würde. So gelangte ich schließlich in ein größeres Waldstück, ließ mich auf einem gefällten Baumstamm nieder und döste ein, Frühjahrsmüdigkeit hatte mich übermannt, deren sonnige Kehrseite wir Frühlingsgefühl nennen. Bald träumte ich wonnig von Elke und Gisela, von Marlies und der Liebe.

Wie so oft in derartigen Fällen, sollte ich unsanft geweckt werden. Von ruppigen Forstarbeitern fand ich mich plötzlich umstellt und heftig an den Schultern gerüttelt, ausgerechnet der Baumstamm, auf dem ich mich niedergelassen hatte, sollte zersägt werden. So machte ich keine weiteren Umstände und erhob mich bereitwillig, denn ich hatte schon manches Eindringliche über das Wesen des Forstarbeiters vernommen. Gleich dem wortkargen Tierpfleger im Zoo gehörte auch dieser zu einem eher menschenscheuen Schlag, mit welchem nicht zu scherzen war. Mit einer harmlosen Bemerkung über das Wetter entfernte ich mich also ins

Dickicht. Einige Insekten aber auch anderes Getier, das meinen Weg kreuzte, legten die Empfindung nahe, daß nun, nachdem man sich kalendarisch bereits in demselben befand, tatsächlich mit der Ankunft des Frühlings zu rechnen war. Ich atmete tief durch, bald mußten mich die Forstarbeiter aus dem Blickwinkel verloren haben. Unweit der Autobahngrenzkontrollstelle gelangte ich auf eine Lichtung, das Brummen der Motoren hatte mich angezogen und zu mehrfacher Kurskorrektur verleitet. In der Ferne konnte ich nun sowohl etliche geparkte Lastzüge als auch eine Currywurstbude ausmachen, um die sich einige Fernfahrer versammelt hatten. Mir knurrte der Magen, also gesellte ich mich hinzu.

Neben dem Sülzkotelett und der Bockwurst, so hatte ich dem Griebenreiseführer entnehmen können, zählte vor allem die Currywurst zu den Nationalspeisen dieser Stadt. Entsprechend ungeniert brachte ich meine Bestellung vor, und wirklich schmeckte die kurze Wurst, vom Koch geschickt zerschnitzt und kurzerhand mit würziger Soße aus einer Plastikflasche übergossen, ziemlich gut, liebte man es extra scharf, konnte tatsächlich eine Prise Currypuder dazugegeben werden. Kaum hatte ich das dritte Exemplar verzehrt, sah ich eben meine Forstarbeiter aus dem Gebüsch treten. Erst jetzt aber erkannte ich, daß diese sämtlich sturzbetrunken waren. In solch kurzer Zeit hatten sie sich nicht dermaßen vollaufen lassen können, also folgerte ich, daß sie mich bereits schwer alkoholisiert vom Baumstamm gezerrt hatten. Erneut erfaßte mich Angst vor diesem Menschenschlag, den Flachmann aber schob ich tief in die Hosentasche hinab.

SCHUTZMACHT ODER SIEGERMACHT

Ich befand mich im Wettlauf mit der Zeit. Jeden zweiten Tag streifte ich nun an dem Waffengeschäft entlang, hatte dreimal bereits die Klinke in der Hand gehabt und wurde jedesmal von öden Nichtigkeiten abgeschreckt, einem störrischen Dackel an der Leine etwa, der vor mir über die Fliesen scheuerte, dem müden Hupsignal eines Lieferwagens, das einer hübschen Vorüberschreitenden gegolten haben mochte oder einem leise brummenden Verkehrsflugzeug, das seinen kreideweißen Kondensstreifen über einen so blauen wie ahnungslosen Himmel zog. Wäre ich bloß hineingegangen, ich hätte erfahren, was ich erst spät erfahren sollte, ohne Jagd- beziehungsweise Waffenschein nämlich ließ sich selbst ein Bürgermeister nicht liquidieren. Als anerkannter Kriegsdienstverweigerer war ich ohnehin kaum jemals in die Gelegenheit geraten, den ungestörten Umgang mit der Waffe üben zu können, genau dessen Beherrschung aber hatte ich mir nunmehr als Krönung meines Städtestipendiums ausgemalt. Einmal wollte auch ich meinem Gewissen mit der Waffe dienen. Allein, ich brachte es nicht fertig, die läppische Schwelle des Waffengeschäftes zu überschreiten, ich schimpfte mich feige, machte mir einen doppelten Knoten ins Taschentuch und nahm den nächstbesten Bus zur Agentenbrücke. Hier war ich zuletzt mit Marlies, nach der ich mich sehnte, gewesen, bei Eisgang, wie ich mich erinnerte, und also im Pelz, nun aber wollte ich sie einmal im Sommerkleid sehen, denn, so jubilierte ich im oberen Geschoß des Doppeldeckerbusses, es gab wohl kaum schönere Frühlingsboten als unsere Mädchen, wenn sie, endlich wieder leicht bekleidet, über die wonnigen Gehsteige flanierten. Je mehr sich mein Bus allerdings von den Einkaufszentren fortbewegte und sich also der Agentenbrücke, damit dem südwestlichen Stadtrand, näherte, desto weniger hübscher Waden wurde ich gewahr, an der Demarkationslinie schließlich regierten die blickdichten Stützstrümpfe ausgeflogener Seniorinnen, welche meine Aufmerksamkeit wenig zu fesseln vermochten.

So wandte ich, notgedrungen, mein ganzes Interesse erneut dem Charakter der Grenze zu, vielleicht der einschneidendsten Grenze auf der ganzen Welt, wie es hier und dort hieß. Mit dem Schutzmann und Brückenwart, einem Herrn namens Schubert, hatte ich mich bereits des öfteren unterhalten gehabt, auch diesmal wußte er Interessantes zu berichten, von einer amerikanischen Einheit etwa, die am Vormittag auf der Brückenmitte vereidigt worden war, auch er, Schubert, sei übrigens berechtigt, Schulklassen, aber nur Schulklassen, bis zur Mitte der Brücke zu führen, einem eisernen Bauwerk aus vergangenen Tagen, welches heute tatsächlich Brücke der Einheit hieß, wenngleich man von Einheit überhaupt nicht mehr sprechen konnte. Schutzmacht oder Siegermacht, fragte mich der Brückenwart, auf einen Jeep deutend, der offensichtlich im Uferschlamm stekkengeblieben war, aber er wußte dies selber nicht zu beantworten. Natürlich waren die Franzosen wie die Russen im Gegensatz zu den Engländern und Amerikanern bereits mehrfach im Lande, ja sogar Stadtkommandanten gewesen, aber alle zugleich, so Schubert, waren sie noch nie dagewesen, und tatsächlich zeigte keine der vier Mächte auch˙ nur die geringste Lust, sich wieder ins Heimatliche davonzumachen. Es war zum Verrücktwerden.

Bald schlenderte ich, die Unvollendete im Kopf, jener nahen Anhöhe entgegen, auf deren Gipfel man im letzten Jahrhundert eine königliche Loggia eingerichtet, in den Wald aber eine breite Schneise geschlagen hatte, damit man seinen Blick auf die Dächer von Potsdam werfen konnte. Allein, aus diesem Blickwinkel ließ sich das Hochhaus, in welchem Marlies von meinem ostdeutschen Doppelgänger initiiert worden war, leider nicht ausmachen, weshalb sonst aber war ich auf die Anhöhe gestiegen. Durch das noch kahle Astwerk hingegen konnte ich unvermittelt einiges Fachwerk entdecken, dessen Anstrich sich in pittoreskem Abblättern befand wie auch das antike Zifferblatt der Kirchturmuhr, welcher ich als nächstes ansichtig wurde. Ich schlug mein Kartenwerk auf. Tatsächlich ließ sich in des Blattes einer Ecke, nur knapp südöstlich der Agentenbrücke, ein winziges Dörflein ausmachen, das zwar der Deutschen Demokratischen Republik gehörte, aber enklavisch und einem Tropfen gleich in die bundesrepublikanische Exklave, deren Stipendiat ich war, ragte. Wenn sich jedoch Enklaven und Exklaven verranken, notierte ich mir neben die Legende meines Kartenwerks, sind wir mit unserem Latein am Ende. Dieses Dorf wollte ich mir einmal näher anschauen. Also stolperte ich durch das Laub, und schon bald trat mir jener Schandwall entgegen, der das Vaterland über viele hundert Kilometer durchschnitt. Wenngleich sich dieser hier, im so abgelegenen Winkel eher windig, geradezu überholungsbedürftig ausmachte, zwang er mich doch, zurückzutreten und, wollte ich mein Augenmerk auf das Dorf richten, die Anhöhe wenigstens um einige Meter wieder hinaufzusteigen.

Kaum hatte ich solches getan, wurde ich eines einsamen Dachdeckers gewahr, der sich so nah vor meinen Augen befand, daß er, bei einem Ausrutscher etwa, direkt in den Todesstreifen hätte stürzen müssen. Der robuste Mann mittleren Alters stand auf dem Dachsims eben jenes Hauses, dessen romantisches Fachwerk mir an der Loggia ins Auge gesprungen war, also erkannte ich nun auch den rührenden Kirchturm wieder, entdeckte das dazugehörige Schiffchen

nebst zierlichem Pfarrhaus, Ententeich, Gänsewiese undso-
weiter. In einem solchen Ort hatte ich schon immer einmal
meinen Urlaub verbringen wollen, allein bot sich in ganz
Westdeutschland kaum irgendwo eine vergleichbare Szenerie. Da wir jüngst unsere Uhren auf die Sommerzeit hatten
umstellen müssen und ich mich gleichzeitig an meines
Freundes Hinweis auf die kleinen Unterschiede erinnerte,
rief ich plötzlich, einem starken inneren Impuls folgend,
über die Grenze hinweg nach der Uhrzeit. Nun war mein
Ruf leider sofort in dem aufgeregten Knattern eines Mopeds
untergegangen, welches eben in die Enklave einbog und
dessen Fahrer wiederum die ganze Aufmerksamkeit meines
Dachdeckers erregte. Eben des zweitaktigen Motorengeräu-
sches halber, konnte ich auch von dem sich nun entspinnen-
den Dialog zwischen Dachsims und Lehmweg rein gar
nichts vernehmen, wobei ich hundert Mark dafür gegeben
hätte, zu erfahren, worüber sich diese Leute, meine Landsleute immerhin, unterhielten. Schließlich bedeutete der
Motorisierte dem Handwerker, seinen Arbeitsplatz zu verlassen, und kurz darauf waren beide in einer benachbarten
Kate verschwunden. Worüber mochten sie nur geredet
haben, grübelte ich vor mich hin, aber mir kam nicht die
geringste Idee. Wie jede Idylle, so besaß auch diejenige, in
deren Anblick ich mich eben versenkt hatte, etwas Einschlä-
ferndes, von Forstarbeitern fehlte weit und breit jede Spur,
der nächste Wachturm stand mindestens dreihundert Meter
entfernt inmitten seiner kahlen Schneise, also legte ich mich,
die Jacke zum Kopfkissen gebündelt, ins Laub und lauschte
dem säuselnden Wind der Welten, zwischen die ich geraten
war.

HONORIS CAUSA

Hänschenklein ging allein, dieses Lied hatte ich während meiner Kindheit oftmals zu Ohren bekommen, selten jedoch von solch glockenheller Stimme vorgetragen wie nun, da ich mittags im Laub lag und eben im Begriff einzunicken war. So richtete ich mich denn erneut auf, große Neugierde hatte mich übermannt, herauszufinden, wem diese schöne Kunst gegeben war. Kaum befand ich mich auf beiden Beinen, wurde ich, wiederum drüben, einer jungen, wohl märkischen Frau ansichtig, die, überliefertes Volksliedgut trällernd, damit beschäftigt war, ihre Wäsche auf den hölzernen Balkon eines verwitterten Bauernhauses zu hängen. Da ich sie sogleich näher in Augenschein nehmen wollte, ging ich einige Schritte auf die Enklave zu, aber schon nach wenigen Metern war mir jede Aussicht auf die verlockende Wäscherin erneut von gefügtem Beton verstellt. So blieb mir die schwierige Wahl, entweder mit dem entfernten Anblick, oder aber mit einer, wenngleich intimeren, so doch ganz auf das Akustische beschränkten Wahrnehmung vorliebnehmen zu müssen. Stock und Hut summend, band ich mir kurzentschlossen meine Jacke um die Hüfte und lehnte bald an der steinernen Umzäunung des zweiten deutschen Nachkriegsstaates. Erneut spielte ich mit dem Gedanken, einige Worte hinüberzurufen, aber ich besaß keine Botschaft, außer vielleicht jener von der Liebe zwischen Mann und Frau, die keine Grenzen kennen, diese sogar zu überwinden imstande sein sollte. Allein, Gisela, Marlies und Elke bewiesen mir seit einem Vierteljahr in mancher Hinsicht das Gegenteil. So hätte ich der Frau auf dem Balkon wenigstens eine unverbindliche Liebenswürdigkeit zurufen können, hätte die Schönheit der kunstvoll geschnitzten Brüstung, hinter welcher sie herumfuhrwerkte, würdigen oder das endlich frühlingshafte Firmament, das sich immerhin über uns beide spannte, preisen können, jedoch, ich ließ von alledem ab, denn unverhofft hatte mich eine enorme Schüchternheit befallen. So machte ich mich lieber auf und davon.

Brückenwart Schubert erzählte mir später, daß die Bewohner der Enklave, von denen ich jene drei, den Dachdecker, den Mopedfahrer und die Wäscherin hatte beobachten können, zu den linientreuesten Bewohnern der DDR überhaupt zu rechnen waren, wobei sie dennoch mit jedem Betreten und Verlassen des Geländes auf das Strengste kontrolliert wurden, wie es auch keinem einzigen der Privilegierten erlaubt war, in seinem enklavischen, aus östlicher Hinsicht natürlich exklavischen Dorf einen wie auch immer gearteten Besuch zu empfangen. Scheibenkleister, lautete Schutzmann Schuberts Lieblingswort zur aussichtslosen Lage der geteilten Nation.

Würde ich nur zwei, drei Tage an jener Bushaltestelle herumhängen, die Marlies letztlich genutzt hatte, um mich mit ihrem abrupten Ausstieg zu konfrontieren, müßte ich die hübsche Lesbierin doch mit einer gewissen Wahrscheinlichkeit wiedersehen, sie vielleicht sogar in einigermaßen freudige Überraschung versetzen können, dieser Gedanke hatte es mir urplötzlich, während Schubert noch auf mich einparlierte, angetan. Schon am folgenden Morgen stand ich, all meines Ehrgefühls ganz offensichtlich verlustig gegangen, im widrigsten Sprühregen, denn hier gab es ein Haltestellenhäuschen ebensowenig wie eine Telefonzelle, beides hätte mir Unterschlupf, sowohl vor dem Niederschlag als auch dem Spritzen der Autoreifen, gewähren können, schließlich befand ich mich auf dem Bürgersteig einer Hauptverkehrsader. Die innerstädtischen Wegweiser, welche mir bald ins Auge gefallen waren, besaßen hier eine Farbgebung, wie wir sie in der Bundesrepublik nur bei Überlandstrecken kennen, nämlich gelb und blau. So gaukelte man sich vor, wenngleich man einen engen Raum bevölkerte, von einem Ort zum anderen Ort fahren und zu diesem Zweck sogar die entsprechende Autobahn wählen zu können, in Wirklichkeit aber bewegte man sich nur von einem Stadtteil zum anderen und legte dabei höchstens eine Handvoll Kilometer zurück.

Glücklicherweise, ich will es Glück im Unglück nennen, entstieg Marlies, die Betörende, bereits dem vierten oder fünften Bus, den ich aus Richtung Stadtmitte hatte kommen sehen, weiß der Teufel, woher sie um diese frühe Stunde nach Hause kehrte. Bis auf die Haut durchnäßt, gab ich doch vor, gerade ausgiebig mit einem alten Bekannten gefrühstückt zu haben, der in dieser Gegend eine Laube geerbt hätte, und lediglich auf dem Weg zur Haltestelle in einen knappen Aprilschauer geraten zu sein, reine Erfindung im übrigen und blanker Unsinn obendrein, aber was tat ich nicht alles, um vor meiner Angebeteten nicht als der Tor dazustehen, zu dem ich in dieser Stadt tatsächlich geworden war. Allein, Marlies hatte mich wohl auf Anhieb durchschaut, warum lud sie mich sonst um acht zum zweiten Frühstück ein.

HINTER DEN SPIEGELN

Vor einigen Jahrhunderten hatte man den Adel zu jedem Frühjahr erneut und regelmäßig ins Feld geführt, wo aber sollte ich mit all dem Adrenalin bleiben, das mir bereits seit Januar in viel zu hohen Dosen durch den Kreislauf jagte. Es war kein leichtes Joch, versuchte ich Marlies, die schnellen

Schrittes neben mir ging, zu erklären, Teil des offiziellen Programms einer so künstlichen wie provisorischen Beatmung zu sein, das dieser kaum mehr als zurechnungsfähig zu betrachtenden Stadt, so führte ich aus, vor über vierzig Jahren verschrieben worden war. Tatsächlich stand mir beispielsweise noch bevor, für die örtliche Tagespresse an der Seite des Senators für kulturelle Angelegenheiten abgelichtet zu werden, ein medialer Ritus, dem sich angeblich noch kein Stipendiat hatte entziehen können. Marlies zuckte nur mit den Schultern, verschwand unvermittelt in dem Inneren eines Bäckerladens und kehrte kurze Zeit später mit einer prallen Papiertüte zurück, gefüllt mit jenem duftend frischen Backwerk, das man hierzulande wie in Potsdam Schrippen nannte. Wie weit es noch war, wollte ich wissen, aber wir standen bereits vor der Haustür.

Marlies bewohnte eine kleine Mansarde, deren Schnitt man früher als gemütlich bezeichnet hätte, doch hatten von solcher Gemütlichkeit schon unsere Eltern Abstand genommen, und nach dem Krieg hatte man das ganze Wort einfach dem Amerikaner verpachtet. Weite Teile der jungen Generation dagegen beizten sich ihr gesamtes Mobiliar erneut bäuerlich ab, so daß man von diesen Leuten sprichwörtlich sagen konnte, der Lack ist ab, die avantgardistischen Gruppierungen wiederum, das hatte ich erst kürzlich in einer um den Lebensstil junger Menschen besorgten Illustrierten gelesen, kümmerten sich überhaupt einen feuchten Kehricht um klassische Gemütlichkeit, von der sie fanden, daß sie der Klarheit ihres Lebensentwurfs im Wege stünde. Auch in Marlies' Wohnung bestand der ganze Schmuck aus einem polnischen Filmplakat, dem Schwarzweißportrait der jungen Gudrun Ensslin und einer einseitig verspiegelten Tür. In Gudrun Ensslin aber war ich bereits als kleiner Junge verliebt gewesen, also schlug ich, während langsam der Kaffee durch die Maschine gurgelte, das Thema gewaltsamen politischen Widerstandes, wie ihn etwa die Rote Armee Fraktion geleistet hatte, vor. Obwohl sich Marlies, ebenfalls von Kopf bis Fuß in die hübsche, aber längst entleibte Terroristin verknallt, hier tief in der Materie befand und also entsprechend intensiv auf das Gespräch einging, ertappte ich mich doch wiederholt dabei, alle Zielsetzungen meiner Argumentation jäh aus den Augen und dem Sinn verloren zu haben, und schon bei dem geringsten Widerspruch der verführerischen Potsdamerin mit äußerster Diskussionsmüdigkeit zu reagieren, indem ich meine Argumente etwa unter der fadenscheinigen Begründung zurücknahm, ich hätte diese nur vorgebracht, weil ihr Wortlaut von solch musikalischem Klang gewesen sei. Marlies aber, die mir die schönste Frau der Welt zu sein schien, schaute mich, über den Rand ihrer gläsernen Kaffeeschale hinweg, zunehmend spöttisch an und führte das aufgetretene Phänomen, welches sie zudem als westlich degenerative Konzentrationsschwäche diagnostizierte, auf meinen angeblich übermäßigen Bourbongenuß zurück. Allein, ich hatte die Whiskyflasche seit Tagen nicht angerührt.

Als wären schlagartig alle Uhren stehengeblieben, brach nunmehr eine quälende Gesprächspause über dem Küchentisch aus, die uns nichts anderes übrigließ, als einem öde feuilletonistischen Beitrag über Hoffmanns mechanischen Türken zu lauschen, der eben aus dem Kofferradio schallte. Doch unversehens warf Marlies ihre Serviette auf den Teller und verschwand wortlos hinter der einseitig verspiegelten Tür. Ich war am Ziel meiner Wünsche und doch völlig gelähmt. Wohl einige Minuten saß ich so da und traute mich kaum, den Bissen hinunterzuschlucken, auf dem ich bereits so lange herumkaute. Wiederholt wanderten meine Blicke zur hochglänzenden Pforte, aber jedesmal konnte ich in der verspiegelten Fläche nur mein eigenes Antlitz ausmachen, tatsächlich nun ganz das eines Narren, wie ich bestürzt erkennen mußte. Also erhob ich mich schließlich und wankte zaudernd sowohl dem eigenen Spiegelbild als auch einer wahrhaft ungewissen Aussicht entgegen. Ich stieß die Tür auf und fand Marlies, gedankenverloren, mit dem Rükken zur Küche, auf einem Hocker kauernd. Daß sie es meiner verliebten Gesellschaft vorgezogen hatte, sich im Boudoir die Fingernägel zu feilen, schien mir etwas außerordentlich Beleidigendes an sich zu haben. Also machte ich auf dem Absatz kehrt und zog die vermaledeite Tür derart heftig hinter mir zu, daß ihre perverse Verspiegelung in Scherben gehen sollte. Allein, dem Spiegel war wohl nicht danach zumute, und so blieb er lieber ganz.

DIABOLOKUGELN UND RATTERPATRONEN

Wenn sich Marlies in eine tote Gudrun Ensslin hatte verlieben können, so brauchte auch ich noch nicht alle Hoffnung aufzugeben, erhellte sich mein strapaziertes Gemüt auf dem Weg zur Bushaltestelle, nichtsdestotrotz, es mußte dazu eine Waffe her, und zwar am besten eine tödliche. Da ich ohnehin umsteigen mußte, kaufte ich mir neben dem Waffengeschäft an der vorstädtisch hölzernen, der schlesischen Trinkhalle einen Ottokatalog. Schon sah ich mich die Treppen meines Turmes hinaufhasten und, endlich oben angekommen, des fetten Warenwälzers eintausendundsechsundzwanzigste Seite aufschlagen. Hier fand ich mein schauerliches Vorhaben als idealen Freizeitspaß für die ganze Familie angepriesen. Alle nur erdenklichen Modelle lachten mir auf dieser Seite entgegen, mochten sie Walther heißen, Browning oder Smith und Wesson, nur schien das Munitionsangebot einen nicht unwesentlichen Teil meines Planes offenzulassen, so vermochte ich mir etwa den tödlichen Effekt von Ratterpatronen ebensowenig auszumalen wie den von Diabolokugeln oder mit bunten Schwänzchen versehenen Stahlbolzen. Nun wurde hier eine solche Wirkung auch gar nicht erst versprochen, besäße ich aber erst meine Waffe, würde ich mir schon den rechten Zunder zu besorgen wissen. So ähnlich redete ich mir ziemlich lange zu und bestellte schließlich mit pochendem Herzen ein chinesisches Kipplaufluftgewehr, inklusive Schalldämpfer übrigens, und ein Päckchen Stahlbolzen, die sich im Sonderangebot befanden, Federbällen nicht unähnlich in der Form, nur kleiner, spitzer und flinker im Flug. Mit diesen würde ich in den Wald gehen und mich an der Birke im Exekutieren üben. Ich leckte das Briefkuvert an, schob den Bestellzettel hinein, und schon befand sich mein unfrommer Wunsch auf dem Postweg.

Am folgenden Morgen aber ließ ich mich im Rathaus bis zum regierenden Bürgermeister durchstellen, ein psychologisch kompliziertes Unterfangen, von dem ich stolz war, daß es mir gelang. Allein, ich führte nichts weiter im Sinn, als dem Schulzen das baldige Ableben zu soufflieren. Natürlich versuchte er mich, bei all seiner verständlichen Fassungslosigkeit, in der Leitung zu halten, ich kannte dies aus dem Kriminalfilm. Fangschaltungen wurden gelegt, die Anrufer aber direkt von der Telefonzelle in die Untersuchungszelle überführt, nicht so mit mir, also legte ich auf.

MANN IN DER MENGE

Daß alle zehn Jahre etwas ganz Neues kommen würde, fand ich, spätestens seit 1986, bereits mit der eigenen Generation widerlegt, aber auch dem Beatnik hatte das Ruder mehr als zwei Jahrzehnte lang gehört, wir hatten die Welt zwar alle vierzehn Tage auf den Kopf gestellt, waren heute Faschisten, morgen Sozialisten, den einen Tag renitent, den anderen affirmativ, letztendlich aber doch selbst immer nur Beatniks gewesen. Derartig sprechend versuchte ich ein sehr junges, bildschönes Hippiemädchen mit ihrem Befremden über meinen, im Vergleich zu dem ihren, eher urban genormten Kleidungsstil zu versöhnen. Daß es, noch in den ausgehenden achtziger Jahren, überhaupt junge, bildschöne Hippiemädchen gab, hatte mich ebenso überrascht wie das spaziergängerische Aufstöbern einer versteckten Fußgängerzone, an deren drittem Brunnen ich mit dem Kind der Sonne ins Gespräch geraten war. Nun hatte mich einerseits der geglückte Anruf im Rathaus, andererseits das knospige Lenzwetter, schließlich sogar die nun süßes Heimweh nach Westdeutschland entfesselnde Fußgängerzone in jene philanthropische Versöhnlichkeit gesetzt, die mir die gesamte Nachkriegszeit wie aus einem Guß erscheinen ließ, was ich natürlich nicht zuletzt deshalb so leicht aus dem Ärmel zu schütteln vermochte, da ich mich in Betrachtung des hinreißenden Blumenkindes befand, dessen Eltern sich vielleicht vor zwanzig Jahren, ebenfalls blumenbekränzt, im legendären Sommer der Liebe kennengelernt haben mochten. Allein, den runden, den gemalten, den asiatischen Fleck hätte ich ihr nur allzu gern von der Stirn gewischt.

In den siebziger Jahren hatte ich einmal einen heruntergekommenen Hippie kennengelernt, dessen gesamte Habe aus einer Flöte und einem Plaid bestand. Später hatte ich mich lieber als Nazi beschimpfen lassen, als daß ich mich mit solchen Menschen an einen Tisch gesetzt, geschweige denn unter eine Decke gelegt hätte. Letztendlich aber, so dämmerte es mir beim Blick in die bezaubernden Augen des jungen Mädchens, waren dies alles so konsequente wie interne Prozesse gewesen, und alle daran Beteiligten nie etwas anderes als ein ungeordneter Haufen ewiger Beatniks. Natürlich widersprach mir die Schöne heftig, denn sie war gerade am anderen Ende der Welt gewesen, hatte dort zwischen Geysiren gebadet und mit den Pinguinen geschnäbelt, so einigten wir uns, ganz wie ich es mit meinem westdeutschen Freund getan hatte, auf die Unausstehlichkeit jener Freizeitsignale, deren pastellfarbene Allgegenwart nicht nur das gesamte Straßenbild verunstaltete, sondern zudem auf die tragische Unmöglichkeit eines sinnvollen kollektiven Freizeitentwurfes verwies. Also gehörte alle Zeit nach wie vor dem, der sie sich selbst genommen hatte, wehe aber, man bekam seine Zeit geschenkt, und war es selbst die eines Stipendiums. So verabschiedete ich mich von der friedlichen Teenagerin und fand mich nur kurze Zeit später inmitten einer brüllenden Klassenreisegruppe wieder, die eben aus einem Tageskino ins Freie getreten war.

Nun war dies überhaupt die große Zeit der Klassenreisen, immer um Ostern herum wurden Schüler aus der gesamten Bundesrepublik auf die ehemalige Reichshauptstadt losgelassen, der geschichtlichen Erfahrung halber, daß Deutschlands einstige geographische Mitte nun einsam im Osten lag, Elefantenhorden gleich stampften die Schüler über das Trottoir, drängelten sich, wofür allein ich ihnen dankbar war, vor amerikanischen Touristenpulks in die U-Bahnen und schmierten den wenigen verbliebenen Einheimischen Mayonnaise an die Ärmel ihrer Blousons, die ganze Häßlichkeit der Adoleszenz tobte mit einem Mal in der überalterten Stadt, vergelte Gott, schoß es mir in den Sinn, falls ich jemals ein dermaßen jämmerliches Bild abgegeben haben sollte. Und doch traute ich mich bis dato nicht, solches, wo auch immer, zu äußern, denn ich hatte gelernt, daß alles Schimpfen auf die Jugend, gleich dem Erschlaffen der Glieder, zu den eher verhängnisvollen Tugenden des zunehmenden Alters gehörte. Allein, das Hippiemädchen hatte mir Mut zum Unmut gemacht, also rempelte ich munter auf die nächstbeste U-Bahn zu.

SCHAUFEL UND GRIFFEL

Unweit der ehemaligen Stadtmitte, direkt an der zugemörtelten Demarkation, hatte der Magistrat zu einem gleichsam archäologischen Unternehmen angesetzt, dessen äußerster Grad an Kuriosität mich unweigerlich anzog. So stand der Betrachter vor einem weiten, lehmigen Feld, auf dem vereinzelte Gruben ausgehoben worden waren, in deren Abgründen sich Kacheln erkennen ließen, herausgerissene Kabelenden, abgebrochene Leitungsrohre, und immer wieder Kacheln. Wandte man seine Aufmerksamkeit jedoch der Schautafel zu, die neben der entblößten Szenerie aufgestellt worden war, wurde man höflich belehrt, daß hier einst die Folterkeller der geheimen Staatspolizei gelegen hatten. Über alledem stand das Wort Spurensicherung geschrieben, und so fand ich mich bereits zum zweiten Mal an einem Tag ins Kriminologische versetzt. Basses Erstaunen empfand ich allerdings darüber, daß die jetzige Ausgrabung etwa von dem selben Erdbewegungsunternehmer ausgeführt worden sein mochte wie die kaum zwei Dutzend Jahre zurückliegende Einebnungsarbeit. Auch hatte ich den Terminus Spurensicherung bislang immer mit laufenden Ermittlungen, also dem ungelösten Stadium eines Falles in Verbindung gebracht, dagegen schien mir der Fall des dritten Reiches juristisch bereits seit längerem geklärt, spätestens seit dem Abriß jenes verrufenen Gebäudes, in dessen unterirdische Trümmer ich mich eben vertiefte. Wenngleich sich mancher Schuldige seinem Prozeß hatte entziehen können, war doch eine recht deutliche Schuldzuweisung getroffen und sogar die öffentliche Meinung entsprechend umgebildet worden. Der Ursprung der katastrophalen Konstellationen selbst konnte allerdings kaum jemals im Gerichtsaal und schon gar nicht in der Schlammgrube aufgeschlossen werden. Na sowas, sagte denn auch ein älterer Herr, der neben mich getreten war, und schon bald gerieten wir in einen so kurzweiligen wie tiefsinnigen Dialog über die ambivalente Fährte der Demokratie.

ZUM ANDEREN UFER

Wieder einmal standen Elke und Gisela unangemeldet vor meiner Tür, und erneut hatte ich sie artig in den Turm heraufgebeten. Noch immer befanden sich die Jüngerinnen Sapphos auf das Innigste ineinander versunken, so ersuchte ich sie, mich für einen Moment zu entschuldigen, schlich die Treppe hinunter und saß kaum fünf Minuten später in der kleinen Linienfähre, die mein Ufer in halbstündigem Rhythmus mit dem anderen verband. So konnte ich den Turm erstmals vom Wasser aus erkennen, und hinter dessen antikisierenden Fenstern die beiden hübsch coiffierten Schöpfe von Elke und Gisela. Das andere Ufer hingegen, da es ebenfalls dem Westen zugehörte, nicht jener Abschnitt also, aus dem die drei Grazien gekommen waren, denn dorthin gab es keinen Fährverkehr, interessierte mich wenig, die gleichen muffigen Villen, ein paar Altersheime, dort ein Wäldchen, hier ein Kirchlein, also nahm ich dasselbe Boot zurück. Die Mädchen staunten nicht übel, als ich, nach einer guten Stunde immerhin, endlich wieder bei ihnen war. Schon als Junge hatte ich meinen Besuch gern alleingelassen, und kaum jemals war mir dies längerfristig übelgenommen worden, rechtfertigte ich mich vor den Verliebten. Wohin denn der Türmer getürmt war, wollten die Flüchtlinge wissen, ich aber verriet ihnen vom anderen Ufer nichts.

Es gab kaum ein schwierigeres, nervenaufreibenderes, aussichtsloseres Unterfangen auf der ganzen Welt, als wenn man sich als gesunder Mann in drei hübsche Lesbierinnen verliebt hatte, also kapitulierte ich ein weiteres Mal und wir verlegten uns auf das Halmaspiel. Dieses hatte auch in Potsdam höchste Popularität genossen, und so gerieten die beiden Frauen allmählich ins Erzählen, vom ersten Schultag etwa, dem Puppenwagen aus dem Riesengebirge, einem Ritt auf der Dampflok und den Schlemmerpäckchen aus Aurich, Ostfriesland. Wie sich doch alle Kindheiten gleichen, mit dieser hilflosen Weisheit entließ ich Elke und Gisela nach der achten Partie, denn sie hätten bis in den Morgen durchspielen können. So mußte ich mich von den beiden Hübschen, ganz Spielball ihrer erotischen Macht, einen Spielverderber schimpfen lassen, allein, ich wußte nicht hin noch her. So brachte ich die zwei zum Nachtbus und kehrte in der noch offenen Bahnhofskneipe ein, gemütlicher Lärm, der aus dem Lokal gedrungen war, hatte mich unweigerlich angelockt. Kaum daß ich jedoch mein Bier bestellt hatte, mußte ich feststellen, vielmehr auf das wüste Geschrei einer Keilerei, die im hinteren Teil des Saales tobte, hereingefallen zu sein, als daß man von einem wirklich geselligen Ton hätte sprechen können. So zahlte ich bald und warf mich in meinen Turm.

Das chinesische Kipplaufluftgewehr nebst Schalldämpfer und bunten Stahlbolzen war längst eingetroffen, ein Zielfernrohr hatte ich nachbestellt und zu alledem lediglich erklären müssen, über achtzehn Jahre alt zu sein. Das Üben im Wald indes ging äußerst mühselig vonstatten, so kam ich mit mir überein, daß es nicht schaden könnte, wenn ich das Rathaus schon jetzt einmal einer vorsorglich strategischen Betrachtung unterzöge. Ich warf die Flinte aufs Bett und nahm eine Taxe zum Kennedyplatz, was mich im übrigen genau das zehnfache des öffentlichen Beförderungsentgeltes und etwa die doppelte Zeit kostete, denn die ganze Stadt zeigte sich, wie man sagt, total verstopft. Ich drückte mich an die dem Rathaus gegenüberliegende Häuserwand, als eben die sogenannte Freiheitsglocke, in Wirklichkeit eine Knechtschaftsglocke, ertönte. Das Amtszimmer des Bürgermeisters sollte im ersten Stock liegen, soviel hatte mir die Griebenbroschüre auf Anhieb verraten. Ich aber würde von nun an tagtäglich herkommen, denn irgendwann mußte sich der Verurteilte an seinem Fenster zeigen, und sei es nur hinter der Gardine, und sei es nur zum Blumengießen, weil die Putzfrau krank geworden war. Das Rathaus selbst war ein häßlicher Kasten, provisorisch und dezentral wie das meiste in diesem verwunschenen Ort, mit einem klotzigen Turm in der Mitte, ungleich meinem verzwiebelten allerdings oben platt.

Als ich mit Elke und Gisela über dem Halmabrett gesessen war und endlich auch einmal eine Partie gewonnen hatte, waren mir, wie man so sagt, die Pferde durchgegangen, und ich hatte, vor Freude, mit der flachen Hand auf den Tisch geschlagen. Dort allerdings war eine Reißzwecke gelegen, und zwar, unglücklicherweise, mit dem Dorn nach oben, so daß ich mir diesen in jene Stelle der Handfläche trieb, welche von Elke und Gisela die Maus genannt wurde. Es war ein leichtes gewesen, den Stachel zu ziehen, auch wollte ich vor den Frauen nicht wehleidig erscheinen, also wendete ich den schmerzhaften Vorfall ins Scherzhafte, am nächsten Tag aber war die Maus deutlich angeschwollen und von einem höchst beunruhigenden Farbenspiel umgeben, welches, hätte es sich nicht eben um meine Hand gehandelt, gewiß das ansehnlichste, ja psychedelischste gewesen wäre. So betrat ich also unweit des Kennedyplatzes eine Apotheke, legte die geschwollene Maus auf den Zahlteller und bat um pharmakologischen Rat, der mir denn auch von einem jungen Mädchen im adretten Weißkittel gewährleistet wurde und sich schließlich in einem Päckchen Antibiotika und einer braunen Flasche hochprozentigen Alkohols manifestierte. Nun hatte ich in dieser Stadt ohnehin ein starkes Verhältnis zum sogenannten Fusel entwickelt, warum sollte ich mich nicht auch auf dessen äußere Anwendung einlassen. Allein, die bitterböse Schwellung wollte nicht recht nachlassen, und ehe ich mich versah, befand ich mich in kassenärztlicher Behandlung.

Dort wurde mir nahegelegt, die betroffene Hand, für einige Wochen womöglich, stillzuhalten, und zwar, so des praktischen Arztes eindringliche Empfehlung, in Form einer

Faust, wie aber sollte ich den Abzug meines chinesischen Kipplaufluftgewehrs mit der geballten Faust betätigen. Diese Frage konnte ich weder im Sprech-, noch im Wartezimmer äußern, also verließ ich den Doktor mit artiger Faust in der Tasche. Verfluchte Reißzwecke, dachte ich, aber das Geschehene konnte damit nicht rückgängig gemacht werden. So lief ich von nun an mit der geballten Faust durch den Frühling, beobachtete ungeduldig, wie auf dem See die Ruderboote kenterten und ein Steuermann durch die Wucht eines aus der Dolle gesprungenen Riemens, der seinen Hinterkopf getroffen hatte, in Besinnungslosigkeit versetzt, hinter die demarkierenden Warnbojen getrieben und leblos an das Ufer der DDR gespült wurde. So etwas gab es nicht alle Tage zu sehen, sagten die Leute, mich aber zog es in den Wald, wo ich die Birke mit der Diabolokugel traktieren wollte. Allein, die geschwollene Maus zwang mich zur Faust und diese den Attentäter zu mißmutigem Müßiggang.

PETER UND PAUL

Vielleicht sollte ich mir, der nötigen Zerstreuung halber, überlegte ich, endlich einmal die russische Kirche ansehen, welche, unweit der Pfaueninsel, auf sandig erhöhtem, aber aus einem recht sentimentalen Grund errichtet worden war. Zu Anfang des vergangenen Jahrhunderts nämlich hatte man jene preußische Prinzessin mit dem russischen Zaren vermählt, zu deren posthumem Gedenken auch die Loggia auf dem Böttcherhügel lag, von der aus ich wiederum in die Schneise geblickt und sehnsüchtig Ausschau nach dem initialen Liebesnest meiner Angebeteten gehalten hatte. Der alte Hohenzoller schließlich, Adept des eher schlichten

Lebens, hatte seine Tochter zur völkerverbindenden Hochzeit mit dem originalgetreuen Bau einer holzigen Sommerdatsche am märkischen Seenufer überrascht und sie damit zu ihrer bis heute gern zitierten Äußerung veranlaßt, das geliebte Blockbauwerk, welches der König tatsächlich aus der Petersburger Umgebung hatte heranschaffen lassen, gehörte nun eigentlich nur noch in die romantische Nachbarschaft einer orthodoxen Kapelle, deren friedvolles Geläut den Einsamen zum stillen Abendgebet einladen möge. Im folgenden Sommer stand auch das Kirchlein, und dort stand es bis heute.

War die Freiheitsglocke in Wahrheit eine der Sklaverei, kam die russische Abendglocke vom Tonband. Vor der Sakristei wurde ich von einem älteren Herrn im Rollstuhl angesprochen, der mich bat, ihn über das Wurzelwerk einer Kiefer zu heben, welche seinen fahrbaren Untersatz, würde er es zu überrollen versuchen, mit einiger Sicherheit zum Umkippen brächte. Kaum hatte ich den Versehrten über das Hindernis gelupft, begann mir dieser unaufgefordert und umständlichst seine zähe Krankengeschichte zu erzählen, eine an sich so betrübliche Krankengeschichte wie jede andere, wäre da nicht jener seltsame Umstand gewesen, daß sich der Mann als alter Reichsbahner der er war, Westler also im östlichen Arbeitnehmerverhältnis, in ambulanter wie stationärer Behandlung eines dem Osten angehörenden, also auch mit Ostkrankenwagen ausgerüsteten Krankenhauses befand, das aber mitten auf westlichem Boden lag. Als alter Reichsbahner, prahlte der Krüppel, hatte er seit Gründung der DDR niemals mehr einen Krankenschein nötig gehabt und war so problem- wie kostenlos mit einem prächtigen Gebiß ausgestattet worden, also war es auch nur logisch, dachte ich, während ich mein Augenmerk auf dem fremdartigen Fabrikatszeichen seines Räderwerks ruhen ließ, daß der Mann in einem Ostrollstuhl saß. Allein, das Wurzelwerk war so stark, daß es wohl auch einen hiesigen Krankenfahrstuhl umgehauen hätte. Ich aber hatte keine Lust auf eine weitere Lektion in Ostwestproblematik, also ließ ich des Alten Frage nach meiner alkoholisierten Faust so gut wie unbeantwortet, verabschiedete mich eilig und schlug die Richtung des Peter und Paulschen Kirchhofs ein.

Hier lag seit 1872 der Sandwichinsulaner Maitey begraben, dessen Grabsteinkreuz, nach Ansicht von Experten, der am besten erhaltene, vermutlich auch älteste Grabstein eines Hawaiianers in Europa war, was aber hatte ein Hawaiianer überhaupt in Europa zu suchen, zumal in Ost- beziehungsweise Mitteldeutschland, zumal um Siebzigeinundsiebzig. Auch hier gab mir der Griebenreiseführer Auskunft, so war Maitey von einer wissenschaftlichen Weltumsegelung mitgebracht und auf der Pfaueninsel, wo er bald des treuen Tierwärters Tochter ehelichte, als Maschinenmeistergehilfe angestellt worden. Der Insulaner hatte den gravierenden Wechsel von der Sandwich- zur Pfaueninsel offensichtlich besser in den Griff bekommen als ich den meinen von der voralpinen Neubauwohnung in den märkischen Altbauturm. So schlug ich mir die pochende Faust an die Stirn, schalt mich Flasche, schalt mich Tor, phantasierte von Marlies und betete zu Gott, als urplötzlich aus dem Innern der Kirche eine Mendelssohnsche Melodie ertönte und mich im Nu besänftigte. Waren die Glocken, wie gesagt, vom Band gekommen, erwies sich das Cello, über welches nun der Elias gestrichen wurde, sowie die Flöte, durch welche er geblasen wurde, als real. So stahl ich mich denn leise ins dunkle Schiff, ließ mich vor der letzten Bank auf meinen Knien nieder und lauschte der ergreifenden Darbietung, die sich als erste Probe zu einem sonnabendlichen Laienkonzert herausstellen sollte. Schließlich gar glaubte ich wahrnehmen zu können, daß der ganze Reiz dieser Vorführung in eben jenem deutlich laienhaften Streichen und Blasen lag, das die beiden Instrumentalisten auszeichnete. Allein, die Musiker entschuldigten sich, kaum daß ich mit ihnen ins Gespräch geraten war, für eben ihren dilettantischen Ansatz, den sie so bald als möglich zu überwinden trachteten. So ist, fiel mir ein, die Unschuld immer an das Ungenügen gekoppelt.

Mit vollkommen überreizter Imagination erreichte ich die Senatsvilla, in deren üppig geschmücktem Parterre man sich eben anschickte, einen literarischen Wettbewerb um einen hochdotierten Preis abzuhalten. Wieder waren scharenweise östliche Exilanten eingetroffen, von denen sich lediglich die Preisträgerin selbst als des Deutschen in einem dichterisch gewinnbringenden Sinn mächtig erwies, der Rest hatte sich seine Manuskripte wohl von irgendwelchen Schwagern, Parteigenossen oder Dissidentenkumpels übersetzen lassen und stammelte entsprechend darauflos, völlig ungeniert im übrigen, denn der hiesige Literaturbetrieb verstand sich als interkulturelle Ostwestdrehscheibe, also gefiel er sich naturgemäß bevorzugt in gebrochenem Deutsch. Allein, meine Landsleute, allesamt um die vierzig, machten sich keineswegs minder jämmerlich aus, von Dörfern, fast ausschließlich von Dörfern wußten sie zu schreiben, von südhessischem Weinsauerkrauttreten etwa, und dies in die denkbar senilste Perspektive geklemmt, wehleidige Kindheitsphantasien über verschmierte Schürzen und stinkende Milchkannen, rumorende Traktoren und geifernde Pastoren auf halbfeuchten Heuböden. Welch schwaches Bild, kam es mir, und in welch plumerante Gesellschaft war ich hier überhaupt geraten, man mochte glauben, der Schriftsteller an sich war zum Lalli geworden. So stand ich mitten unter ihnen, die geballte Faust in der Hosentasche, den Sandwichinsulaner im Kopf, und wußte nicht aus noch ein, draußen dagegen tollte sich ein wahrhaft wonniger Frühlingstag zur Neige. Schlagartig hatte er fast alles Astwerk ergrünen lassen. So sah ich bald im Turm den See vor lauter Bäumen kaum.

SNOWDON REVEALS

Erst kürzlich hatte die Sunday Times den blaublütigen Snowdon mitsamt seinen bekanntlich brillanten Objektiven in die jubilierende Viermächtestadt entsandt, auf derer Steuerzahler Kosten letztendlich auch ich hier logierte, damit dieser einige signifikante Fotografien von dem so überaus metaphorischen Ausnahmezustand schoß, in dem sich der Ort weltweit, zumindest was seine westlichen Viertel betraf, seit mehr als vierzig Jahren gefiel. Der Lord hatte alle vier Stadtkommandanten abgelichtet, hochdekorierte Militärs der Schutz-, beziehungsweise, Brückenwart Schubert rekapitulierend, Siegermächte, pikanterweise in Freislers berüchtigtem Volksgerichtssaal, einen Damenimitator bei der abendlichen Toilette, einen Grenzkontrollkampanile, den Vorsitzenden der dezimierten Judengemeinde, eine Kaffeetante hüben und einen Volksarmisten drüben, schließlich den braven Schornsteinfeger Sturm mitsamt seinem Gehilfen. Snowdon reveals it all, kritzelte ich auf den Einband der Sunday Times Farbbeilage, welche den depressiven Lichtbildern ihres knipsenden Lords gleich vierzehn Seiten gewidmet hatte. So lobte denn auch ein Begleitartikel den abstoßenden Dirigenten von Karajan über den grünen Klee, darüber hinaus den langstieligen Theatermann Stein, hierzulande mitsamt seiner Truppe längst gnadenlos abserviert, ebenso die sogenannte Jugendszene, tatsächlich von ihren eigenen Metastasen böse zerfressen und fast erledigt, eintausend Rockgruppen, von denen nur drei überhaupt erwähnenswert waren, und siebentausend Schriftsteller, nachweisbar vollidiotisch sechstausendneunhundertsechsundneunzig davon.

Allein, dem Engländer war dies nicht weiter übel zu nehmen, denn jede vermeintlich völkerverständigende Gratulation durfte schon immer, wenn überhaupt, nur unterschwellig eine Beleidigung darstellen, so hatte er also die Halbstadt trösten wollen, hinweg sowohl über die eigene Präsenz, welche er als so moralisch wie militärisch begriff, als auch darüber, daß das Epizentrum des ganzjährigen Stadtjubiläums im geographischen Osten lag, inmitten jenes historischen Kerns nämlich, der dem Russen neben den westlichen Auen am Oberlauf der Elbe vielleicht etwas leichtfertig überlassen worden war. Excuse me, flüsterte also der Engländer insgeheim durch die buntblättrige Beilage der Sunday Times, mea culpa, denn er fühlte sich, darin dem Deutschen wie dem Amerikaner gleich, im ehedem Verbündeten getäuscht. Wenn Sie so freundlich wären, mir diesen Lauf zu durchbohren, mit diesem Satz ging ich bereits seit Wochen schwanger.

FREUND HEIN

Zwar war die Maus noch keineswegs abgeschwollen, im Fernsehen aber hatte ich das heikle Durchbohren von Gewehrläufen in krimineller Absicht beobachten können. So schob ich mein chinesisches Kipplaufluftgewehr in die Pappschachtel zurück, aus der ich es bei seiner Lieferung genommen hatte, klemmte sie unter den Arm, nahm mir ein

Herz und bald darauf den Bus zum kleinen Waffengeschäft. Ein doppelter Scotch am schlesischen Kiosk, und schon hatte ich den Laden betreten. Wenn Sie so freundlich wären, setzte ich an, allein, der Waffenhändler, ein zugereister Schwabe offensichtlich, verlangte nach meinem Waffenschein. Einen solchen besaß ich nicht, also befand ich mich bald erneut auf dem Gehsteig. Ein speckiger Pakistani aber, der im Ladeninneren herumlungerte, hier das Spiel eines Abzugs begutachtend, dort das Gewicht eines Kolbens prüfend, war mir nach draußen gefolgt und stellte sich nun mit dem undurchsichtigen Namen Hein vor. Es mochte durchaus angehen, daß der Mann meinen finsteren Plan auf Anhieb durchblickt hatte, denn er spielte nun scheinheilig darauf an, daß auch er seinen Jagdschein verloren, ja diesen sogar unglücklicherweise in einem Zug hatte liegen lassen. Zu dumm, so der Pakistani, allein, Waffenbrüder sollten sich gegenseitig aus der Patsche helfen. So reichte ich ihm denn meine Pappschachtel und einen Hundertmarkschein dazu. Am letzten Donnerstag im April wollte er mich beim Kiosk wiedertreffen, wo ich ihm einen zweiten Blauen, er mir aber die todsichere Knarre ausliefern würde. Mir blieb kaum anderes übrig, denn was war mein Plan ohne Hein. So schlug ich ein.

Ob er mich ein Stück meines Weges mitnehmen könne, wollte Hein wissen, und schon hielt er mir seinen Wagenschlag auf, fuhr dann allerdings in eine ganz andere Richtung davon. Wenn es überhaupt sein Wagen war, wie mir bald dämmerte, denn unweit eines gartenstädtischen U-Bahnhofs ließ der Pakistani, welcher angeblich lange zur See gefahren war, das Auto in einem Wäldchen stehen, warf den Zündschlüssel in den Graben und zwinkerte mir mit dem Auge zu. So war Hein, ich aber wollte bis zu besagtem Donnerstag nichts weiter mit ihm zu tun haben, folgte ihm auch nicht in die U-Bahn, sondern machte mich flugs durch die nahegelegene Siedlung davon. Falls es überhaupt einen Zufall gibt, wollte es dieser nun, daß ich in Marlies' Gegend geriet. Bald wurde ich ihres Bäckerladens gewahr, bald stand ich vor ihrer Tür. Und wenn sie tatsächlich nachts arbeitete, denn diesen Eindruck hatte ich bei meinem letzten Besuch gewonnen, konnte sie durchaus zuhause sein. Ich brauchte nur Sturm zu klingeln, und schon würde sie öffnen, wieder einmal schlug mir das Herz bis zum Hals. Wohl eine Minute lang hielt ich den Daumen auf der Glocke, allein, in dem Haus rührte sich nichts. Bald warf ich Eicheln an ihr Mansardenfenster, bald rief ich ihren Namen, bald hatte ich handfesten Ärger mit dem Hausmeister. So beschloß ich denn, ein anderes Mal wiederzukommen.

Anläßlich meiner regelmäßigen Observationen war ich eines Tages in eine Gesellschaft geraten, die sich eben anschickte, eine dem Rathaus just gegenüberliegende Anderthalbzimmerwohnung zu besichtigen. Wieder einmal hatte ich mich gegen die Hauswand gedrückt und das vermeintliche Amtszimmer des Bürgermeisters anvisiert, als mich eine rüstige Rentnerin am Ärmel packte und in den nächsten Hauseingang zog. So stapfte ich mit ihr, von einer bunten Herde verzweifelter Wohnungssuchender umringt, die knarzenden Stufen zum dritten Stock hinauf, denn vielleicht ließ sich von dort, so hoffte ich, ein kurzer, aber aufschlußreicher Blick in die Magistratszimmer erheischen. So ließ ich mein Auge über den Kennedyplatz schweifen und sinnierte still aus dem Kochnischenfenster hinaus, während alle anderen wie verrückt auf die Vermieterin einredeten, wodurch ich, vollkommen ahnungslos, aber unverzüglich zum heimlichen Favoriten der geschäftigen Ruheständlerin geworden war. Gleich am Boiler nahm sie mich beiseite und vertraute mir an, ich könnte die Wohnung haben, und zwar zum ersten Mai,

wenn ich nur wollte, ein Wort meinerseits, und sie würde
alle anderen siebzehn Bewerber entlassen. Sofort schossen
mir Hein, Marlies und der Schultheiß durch den Kopf, und
keine fünf Minuten später hatte ich einen unbefristeten
Mietvertrag über die günstige Summe von zweihundertsech-
zehn Mark monatlich in der Tasche. Dies sollte nun meine
Jagdkanzel sein.

GNOTHI SAUTON

Aus der Heimat hatte ich mir unlängst einige Bände des
Moritzschen Magazins kommen lassen, und zwar jene im
Faksimiledruck, die mir 1982 von einem Breisgauer Liebha-
berverleger geschickt worden waren, diese wollte ich als
erstes in die neue Wohnung tragen. Bei geöffnetem Fenster
würde ich mich auf der marmornen Fensterbank niederlassen, das Rathaus im einen, den Moritz im anderen Auge,
würde vom Deserteur und seinem unbekannten Beweg-
grund lesen, von den sonderbaren Folgen überspannter Ein-
bildungskraft, denn was gab es philosophischeres als die
ersten Schritte der Psychologie, einer heute, nebenbei gesagt,
völlig auf den Hund gekommenen Disziplin, von der Ein-
wirkung sinnlicher Gegenstände auf die Gedanken und von
den fürchterlichen Arten des Ahndungsvermögens. So ließ
ich mich seit der Magisterarbeit neben den eigenen, karmesinrot gebundenen Ergüssen aus der Teenagerzeit, mit Vorliebe durch Gnothi Sauton inspirieren, warum nicht auch auf
der Jagdkanzel. Beim Krämer könnte ich mir zwischendurch
Naschwerk kaufen und sogleich weiterschmökern, von der
Macht dunkler Ideen und von der unwillkürlichen Abnei-
gung gegen gewisse Menschen, vom freien Einsiedler inmit-

ten der Welt, von den hypochondrischen Grillen und der Verrückung aus Liebe, während die Frauenwelt lenzbeschwingt über den Kennedyplatz flanierte. Vielleicht auch würde ich ein weiteres Mal in der melancholischen Geschichte des Mordes aus außerordentlicher Gemütsbeschaffenheit blättern, allein, das Rathaus galt es bei alledem nicht aus dem Auge zu verlieren. Solches bedenkend, hüpfte ich über den Kantstein und schlich mich bald in die Praxis meines Doktors, welcher endlich befand, daß die Maus zum Abschwellen angesetzt hatte. Es könne jedoch nicht schaden, so der Kassenmedikus, die Faust so lange weiterzuballen, bis auch deren ungutes Farbenspiel verschwunden wäre. Ich aber befand mich im Wettlauf mit der Zeit, also öffnete ich, kaum daß ich den Turm betreten hatte, ganz zaghaft, was schmerzte, die Hand.

In ungefährer Nachbarschaft der Stipendiatenvilla, aus deren Dach mein Turm ragte, kurz hinter der breiten Brücke, in deren Nähe sich wiederum Kleist erschossen hatte, befand sich der sogenannte Potsdamer Yachtclub, wie es hier überhaupt von Yachtclubs nur so wimmelte, Gott behüte, daß sie den Teufel täten und alle Boote einmal gleichzeitig auslaufen ließen, man würde den See zu Fuß überqueren können. Wie sich leicht denken läßt, war der Yachtclub Potsdam ebenso abhandengekommen wie die holzige Datsche, also parkte der Porsche davor und auch der Mercedes, nicht aber der Wartburg und sein Trabant. Hätte ich einen Lancia gehabt, auch ihn hätte ich dort bedenkenlos abstellen können. So aber lehnte ich das geborgte Stipendiatenrad ans Geländer und nahm Platz auf der Clubterrasse, als einziger übrigens weit und breit, denn es war Alltag und Vormittag dazu. Ich hatte eben den ersten Schluck Milch genommen, da sah ich Moby Dick in die Bucht biegen, den Stolz der gesamten örtlichen Bevölkerung und eines der läppischsten Wahrzeichen dieser Stadt, tatsächlich ein komisches Boot, welches der Form eines Wales nachempfunden war, nur daß dieser Stühlchen auf dem Rücken tragen und alte Tanten in seinem Maul beherbergen mußte. Vor Moby Dick aber dümpelte ein windiges Tretboot einher, das offensichtlich von volltrunkenen Halbwüchsigen gesteuert wurde. Nur knapp konnten sie dem Bug des an Steuerbord rasch sich nähernden Blechwals entkommen, rammten dafür aber im selben Moment ein sportliches Sperrholzkanu, welches sich an Backbord befand, und brachen es, wenngleich versehentlich, so doch in seiner Mitte entzwei. Mit diesem aber sah ich den wohl verflossenen Kavalier der hübschen Jüdin untergehen, ist die weite Welt schon klein, brummte ich tief in den Becher, ist diese Stadt ein Liliput. So rief ich also nach der Wasserwacht und errettete den Mann zum zweiten Mal binnen weniger Wochen aus einer brenzligen Situation. Er aber konnte sich kaum erklären, ob meine Gegenwart nun eher dem Glück oder vielmehr dem Pech zuzuschreiben war. Um ihn schließlich etwas aufzumuntern, denn das Kanu erwies sich tatsächlich als total perdu, fiel mir nichts besseres ein, als mich nach der Jüdin zu erkundigen, allein, der Galan spielte den Antisemiten, also schloß ich, daß sie ihn tatsächlich verlassen hatte, sie, die ich nie wiedersehen würde, da ich ihre Nummer gleich in den erstbesten Gulli geworfen hatte, um mich statt ihrer dem tolldreist grausamen Gespiel dreier geflohener Lesbierinnen auszuliefern. Im Teelöffel wölbte sich nun, ganz Tor, mein Spiegelbild, das Haar so wirr wie der Sinn, die Iris weit und flackernd. Mancher, der sich im Löffel sah, hatte diesen sogleich abgeben wollen, nicht so mit mir, der ich den großen Plan gefaßt hatte.

Immer wieder stieß ich auch auf die Geschichte. So war beispielsweise in den Räumen der Villa, die ich als Stipendiat bewohnte, während des zweiten Weltkrieges jene submarine Wunderwaffe entwickelt worden, von der man sich einen, wenngleich späten, so doch strategisch höchst notwendigen Umschwung im Seekrieg versprochen hatte, vergeblich, wie man heute weiß, denn über den Unternehmungen des dritten Reiches stand ein übler Stern. So auch über dem enteigneten Bauherrn des Anwesens, einem Juden, wie gesagt, und Freund der Familie Carl Zuckmayers, wodurch dieser in meinem Turmzimmer seinen fröhlichen Weinberg hatte verzapfen können. Nun gab es in eben diesem Turm auch eine steile Stiege, welche zu einer fest verschlossenen Luke führte. Diese zu öffnen, daran setzte ich seit einigen Tagen einen großen Teil meines Ehrgeizes. Ich wußte, daß die Falltür in die Verzwiebelung führte, welche meinen Turm krönte, und in deren luftigem Gebälk der Architekt eine Art Dachterrasse eingerichtet hatte. Von dieser wiederum behauptete Hausmeister Bode, daß sie von Baufälligkeit heimgesucht worden war und sich also zum Betreten nicht eignete. Allein, ich glaubte ihm kein Wort. So hatte ich mir bald aus dem Kleiderbügel einen Dietrich gebogen, der mir den erwünschten Ausblick öffnen sollte.

Er stand auf seines Daches Zinnen, ging die Ballade, also schwang ich mich in die Höhe und kauerte dort sogleich wieder nieder, damit Bode mich bloß in der Zwiebel nicht ausmachen konnte. Bald lag ich ausgestreckt in der Sonne, bald übte ich die genesende Hand mit der Knetmasse, drehte ich mich aber auf den Bauch, konnte ich durch die Ritzen der Balustrade lugen und in der Ferne den Schuttberg über den Wäldern thronen sehen. Die gesamte ehemalige wehr-technische Fakultät sollte darunter begraben liegen, der sichtbare Tatbestand aber, daß die Amerikaner eine abschirmdienstliche Station auf dem begrünten Plateau des Trümmerkegels errichtet hatten, war in meinem Architek-turführer, als einzige Stelle im ganzen Band, mit drei Punk-ten versehen worden. So wurden dem baugeschichtlich Interessierten, mit Hilfe eines nur minimalen interpunktati-ven Signals, mögliche Zusammenhänge zwischen der Nazi-akademie und dem Yankeestützpunkt eingeflüstert, daß eine geheime amerikanische Liftanlage etwa regelmäßig Förder-körbe durch die Trümmerschichten hinablassen mochte, zu der zwar unter Bombenschutt begrabenen, aber womöglich völlig intakten und auf nervösen Hochtouren laufenden faschistischen Wehrfakultät. Zwar hatte ich mich der Frie-densbewegung nie angeschlossen, allein, solch wohlige bis schauerliche Phantastereien hatten schon manches Politisier-ten Imaginationskraft auf die Zinne gebracht.

So lag ich also morgens auf derselben in der Sonne, des Nachmittags aber zog es mich unweigerlich zum Kennedy-platz, den ich nur mied, wenn Markttag war und sich das gesamte Areal mit knatternden Planen, plappernden Wei-bern und flatternden Schirmen übersät befand. Kaum etwas Widerlicheres ließ sich wohl denken als ein Markttag, zumal auf dem Kennedyplatz, gnatzte ich vor mich hin, der ich nunmehr dessen Anlieger geworden war, wenngleich vorerst lediglich auf dem Papier. Zum ersten Mai jedoch, wenn auf dem Platz die roten Fahnen wehten, würde ich da sein und einziehen, provisorisch zwar, weil nur mit dem Schießge-wehr, allein immerhin, den Schulzen zu liquidieren.

Der Frühling und seine Sonne hatten mich so träge gemacht,
daß ich, ausgerechnet in Deutschlands größter Stadt, nach
und nach zum Naturburschen reifte. Nur selten sprach ich
noch dem Whisky zu, allein, die erste wirklich milde Nacht
hatte ich an seiner Seite durchgemacht, wenngleich diesen
gepanscht mit Zuckmayers Wein, einsam im stolzen Stipen-
diatenturm, hatte die Fenster weit geöffnet, und den treiben-
den Rhythmus der nordamerikanischen Negermusik nok-
turn in den preußischen Äther gejagt, schließlich alle Fla-
schen aus dem Fenster geworfen und mich selbst am Ufer
wiedergefunden, wo ich die Schwäne im Frühnebel ziehen
sah. In dieser Nacht auch war mir zum ersten Mal jener
gefiederte Zeitgenosse aufgefallen, welcher, darin seinen
zahlreichen Artgenossen ungleich, nicht um drei Uhr, oder
vier, zu singen anhob, sondern bereits um Mitternacht.
Nicht wenig amüsiert hatte mich dieser anscheinend Ver-
irrte, und wenn ich mich auf das Nachtlager begeben hatte,
war ich so manches Mal über dem Einschlafen, gleich dem
chinesischen Kaiser, in pfiffige Zwiesprache mit dem skurri-
len Vogel geraten. Von einer Lyrikerin aus dem Ruhrgebiet
aber, welche gleichfalls im Gästehaus logierte, und der ich
eines Nachmittags im Garten beim kalten Kaffee begegnete,
wurde ich schließlich belehrt, daß man den Piepmatz Nachtigall nannte, und daß dieser nur dann als schrullig zu
bezeichnen war, wenn er sich des Nachts schlafen legte. So
blieb mir als seltsamer Vogel noch Hein, der hilfsbereite,
speckige Pakistani, den ich am übernächsten Tag endlich
wiedertreffen würde.

Da wir keine feste Uhrzeit verabredet hatten, nahm ich wie
bereits an jenem Morgen, als ich Marlies aufgelauert hatte,

einen recht frühen Linienbus stadteinwärts und verließ diesen schon bald, wie ebenfalls einst mit Marlies, am hölzernen
Kiosk des Schlesiers, wo ich mir das Ottoverzeichnis besorgt
hatte, und der wiederum in unmittelbarer Nachbarschaft des
kleinen Waffengeschäftes lag, dessen schwäbelnder Inhaber
mich Ahnungslosen recht unwirsch behandelt hatte. Im
Ottosortiment aber hatte ich mein chinesisches Kipplaufluftgewehr entdeckt, und zwischen den staubigen Regalen
des Waffenladens war ich von Hein erkannt worden, so
liefen doch viele meiner Schicksalsfäden an einem ganz
unscheinbaren Knotenpunkt zusammen. Der letzte Donnerstag im April war ein ziemlich heißer Tag, das Volk lag in
der Sonne, soweit es nicht gerade arbeitete, und die Zeitungen hatten vermeldet, daß der englische Stadtkommandant
jenen häßlichen Zaun abreißen lassen wollte, mit dem die
sowjetischen Ehrenwachen und ihr monströses Denkmal,
das eben im britischen Sektor lag, vor unberechenbaren
Ausbrüchen westlichen Volkszorns hatten geschützt werden
sollen und angesichts dessen enger Maschen ich mich im
Winter mit Elke und Gisela getroffen hatte. Für den Bürgermeister kam diese alliierte Novität ebenso überraschend wie
für den morgendlichen Zeitungsleser, beide hatten in der
Millionensiedlung so gut wie nichts zu melden. Wann würde
man auch hier endlich die lang ersehnte Souveränität erhal-
ten, die ohnmächtigen Stadtschulzen konnten mir dies am
wenigsten beantworten, allen voran der momentane, mein
Opfer, mit dem Reaktionsruck der achtziger Jahre an die
Macht gelangt und lebender Beweis dafür, daß die Intelli-
genz niemals rechts stehen würde. Allein die Nachtigall,
konnte man glauben, schien hier in voller Unabhängigkeit
zu trällern.

Die Herausforderung, der sich diese Stadt bereits seit der
massenhaften Zuwanderung des ausgehenden neunzehnten

Jahrhunderts, aber vor allem nach dem unglücklichen Ausgang des zweiten Weltkrieges zu stellen hatte, nämlich eine so autarke wie urbane Existenz ohne das lästige, brauchtümelnde Lokalkolorit des Hinterlandes führen zu können, war ihr vielmehr zum bitteren Verhängnis geworden, der selbstbewußte Charme des modernen Großstadtproleten zum vorlauten Gröhlen des Angestellten verkommen, ihre Politiker, mehr noch als deren westdeutsche Pendants, zu schnatternden Attrappen, sogenannte Regierungsarbeit vortäuschend, tatsächlich aber die hochbezahlte Müllabfuhr eines längst erledigten Politikverständnisses. Immer wieder würden sie gewählt werden, und immer wieder würden sie nur Straßenfeger im Cut sein. Dermaßen in Nachdenklichkeit versunken, war ich denn höchst erstaunt, als urplötzlich Hein, der sich heute Joe nannte, vor mir auftauchte. Die Pappschachtel auf dem Gepäckträger, kam er mit großem Hallo durch die erschreckte Passantenschaft auf mich zu geradelt, so daß ich am liebsten gleich im Erdboden versunken wäre und also verlegen auf das Pflaster vor meinen Füßen starrte. Ich zahlte, dankte rasch und sprang mit der unförmigen Schachtel in den erstbesten Bus. Hein aber, oder Joe, rief mir drei schrille Worte hinterher, welche nicht anders als Munition liegt bei verstanden werden konnten, und wirklich klöterte es, wie ich nun feststellte, entsprechend im Karton, allein, ich konnte nicht anders, als vor dem Busfahrer und seiner geräderten Gemeinde bis über beide Ohren zu erröten.

Immerhin stand der feiste Schwabe in seiner Tür, immerhin war ich ein Meuchler, das hieß, ich würde bald einer sein, und zwar Schulzenmeuchler aus Gewissen, Vollstrecker höherer Gewalten und reinerer Wahrheiten als jener der Scheißalliierten, also durfte ich nun, an der Schwelle zur sogenannten heißen Phase, keineswegs leichtsinnig sein. Tatsächlich aber hatte Joe einen Risikofaktor in meinen Plan hineingetragen, mit Hilfe dreier grell hervorgestoßener, unmißverständlicher Vokabeln, allein, der Waffenhändler zeigte keine Reaktion, auch blieb der Schlesier still im Häuschen, das Volk ging seinem gleichförmigen Geschäft nach, im Bus rührte sich ebenfalls kein Laut, und Joe machte sich flugs auf dem Fahrrad davon.

Wie verrückt knallten die Amerikaner seit Tagen auf dem Schießplatz herum, so traute ich mich denn erneut in ihre Nähe, schlug mich tief ins Gehölz, die Birke mit Kimme und Korn zu triezen. Auch war die Maus nun gänzlich abgeschwollen, so daß dem Zeigefinger endlich jenes freie Spiel zurückgegeben war, das ihm am Halmabrett mit dem unglücklichen Handschlag auf die Reißzwecke verlorengegangen war. Kurzum, ich schoß wild durch den Horst, auf daß es die reine Freude war. Allzu bald war mir jedoch die Dämmerung hereingebrochen, und als ich den Bahnhof per Heimweg passierte, strömten zahlreiche Menschen aus diesem hervor, um hier draußen, unter dem jüngst ergrünten Laubwerk, in den Mai zu tanzen. Ich dagegen betrat eine Telefonzelle und wählte die Nummer meiner rüstigen Vermieterin. Diese war, das erfuhr ich von einer so höflichen wie greisen Herrenstimme, eben zur mecklenburgischen Seenplatte abgereist, wo ihre vierundneunzigjährige Mutter im Sterben lag, am Montag aber würde sie garantiert zurück sein, so daß ich die Wohnung mit dem Beginn der kommenden Woche würde beziehen können. Ob denn er keinen Schlüssel hätte, wollte ich, dem dies gerade noch gefehlt hatte, wissen, allein, der höfliche Greis wußte mit all dem verwirrenden Schlüsselwerk nichts Sinnvolles anzufangen. Wie übrigens viele alte Männer, gehörte auch er zur Sorte derer, die den Hörer am liebsten unverzüglich an die Alte weiter reichen, da diese nun aber nicht zugegen war, drängte es ihn zum baldigen Auflegen. Mir aber, dem rechtmäßigen Mieter immerhin, würden drei endlose Tage qualvollen Wartens bevorstehen.

AMOR UND PSYCHE

Nach all den heißen Wochen gab sich der Tag der Arbeit recht gewittrig, setzte also die Kundgebungen in Ost wie West unter Wasser, um in den wenigen sonnigen Momenten, die er der begossenen Arbeitnehmerschaft gönnte, Abertausende kleiner Farbprismen im nassen Laub funkeln zu lassen. Womit bereits der ganze Reiz dieses verlorenen Tages umrissen wäre, hätte sich nicht einerseits im lumpenproletarischen Gammlerviertel der Westsektoren ein gleichsam sozialhygienisches Donnerwetter entladen und in vierzig ausgebrannten Personenwagen materialisiert, die nun verkohlt und umgekippt in den geplünderten Ladenstraßen herumlagen, hätte nicht andererseits unter meiner Fußmatte jenes kleine, aber zutiefst aufreizende Briefchen von Elke und Gisela hervorgelugt. Seiner Datierung nach mußten es die beiden Hübschen bereits am Vortag dorthingeschoben haben, als ich das Holz mit der Bleikugel traktiert oder mit dem Alten telefoniert hatte, und meiner Niedergeschlagenheit halber hatte ich es bei der Einkehr übersehen. Nicht nur luden mich die Mädchen darin für den bevorstehenden Sonntag zum kantonesischen Buffet, für dessen delikate Anrichtung ein echter Chinese, und zwar ein volksrepublikanischer, extra aus dem Ostsektor, wo dieser, im übrigen der ehemalige Schachpartner von Giselas Vater, als Botschaftsangehöriger lebte, herüberreisen würde, sondern sie richteten mir in einem Postskriptum die herzlichsten Küsse von ihrer Freundin Marlies aus. Wie dies nun zu verstehen war, würde bis Sonntag im Dunkeln bleiben, dennoch munterte es mich entschieden auf, wenn überhaupt jemand in dieser vermaledeiten Stadt mich nicht hängen ließ, dann eben waren es meine drei Grazien, mochten sie auch undurchsichtig sein, ihre sexuelle Präferenz der meinen noch so sehr ähneln und dieser damit, zumindest, was meine Absichten betraf, diametral entgegenstehen, mochten sie also das ganze Ausmaß meines unglücklichen Stipendiatendaseins in gleich mehrfacher Hinsicht symbolisieren, so würde ich doch immer zu ihnen, dem tribadischen Trio aus Potsdam, halten. Solchermaßen, oder ziemlich ähnlich, äußerte ich mich meinem gleichfalls unter die Liebesknute geratenen und eben mit dem Abfassen eines vorwiegend im Konjunktiv gehaltenen Manuskripts beschäftigten westdeutschen Freund gegenüber, und zwar in einem längeren Ferngespräch, das wir am Nachmittag führten, und dessen Tenor uns schließlich glauben machte, daß Amor, der gemeine, nur deshalb zur Menschheit herabgestiegen war, den Mann in die heilloseste Verwirrung seiner Triebe, die Frau aber ins Kind- oder Hurenbett zu stürzen. So lebten wir also in jeder Sekunde spürbar nach dem Sündenfall.

Typisch unser Wetter, nur gute Laune, hatte die dämliche Schlagzeile einer der hier so zahlreich erscheinenden Springerzeitungen am Vorabend zum ersten Mai verkündet, allein, Petrus erwies sich ein weiteres Mal als Spielverderber, wofür ich ihm heute äußerst dankbar war, denn es gab kaum etwas Fragwürdigeres als die, zugegebenermaßen notgedrungene, aber doch jeden gesunden Menschenverstand irritierende Verliebtheit der hiesigen Einheimischen in ihre Stadt, deren Allerweltsklima, deren Boulevardwitz, deren tatsächlich nur gute Laune. Nichts Abgründigeres aber ließ sich bereits seit Schopenhauer denken als die immer nur gute

Laune, so wirkten denn auch die Maiausflügler, die ich von meinem Turm aus beobachtete, bei allem permanent schallenden Gelächter, bei aller brachialen Blasmusik, allem Eiskrem, ja selbst im Strandkorb noch, zutiefst deprimiert. Man mochte die Leute für ihr Unglück hassen, so wie es mich bereits im Januar erwischt hatte, als der Senat sich von uns, seinen Stipendiaten, erbeten hatte, daß wir, falls wir uns schon nicht zur ständigen Bleibe vor Ort entschließen konnten, zumindest als, bitteschön, frohe Botschafter in die freie Welt hinaus spazieren sollten. Mich aber hatte es schon immer vor allen frohen Botschaftern geekelt, zumal ihre mitunter frommen Absichten, selbst jene christlichen, unter deren Prämisse ich großgezogen worden war, fast immer die baldige Neigung zeigten, ins Seitwärtige abzubiegen, schließlich gar ins Abseitige auszubrechen, mitunter sich auch gegen den Botschafter selbst zu wenden. Nein, dachte ich etwa beim Putzen der Flinte, und nochmals nein, denn, froher Botschafter zu sein, das war nun einmal nicht mein Geschäft, und es würde auch kaum jemals zu meinem Geschäft werden.

Vor zehn Jahren hatte ich kurzfristig ein mieses Haus an einer schmucklosen Ausfallstraße bewohnt, das ausschließlich von Studenten, diese in heruntergekomenen Wohngemeinschaftsetagen, und Prostituierten, jene in überteuerten Einzelappartements, frequentiert wurde. Wenngleich auch meine Wohngemeinschaft das dieser Residiergattung eigentümliche soziale Elend barg und, kaum daß ich ausgezogen war, bereits der erste Herointote zu beklagen gewesen war, hatte sich doch das Dasein der Modelle als so gut wie vollkommen aussichtslos erwiesen. Schon bald nach meinem Einzug jedoch, das konnte ich nun in den alten, karmesinrot eingebundenen Tagebüchern nachlesen, hatte ich mich mit einer Gefallenen angefreundet und kurzerhand tatsächlich den frohen Botschafter zu spielen versucht. So hatte ich ihr, die Gitta hieß, etwa aus Millers Wendekreisromanen vorgelesen, hatte sie auch an der Haschischpfeife, der ich damals verfallen war, ziehen lassen und stundenlang zugehört, wenn sie aus ihrem traurigen Leben erzählte. Je mehr sie in meinem Zimmer aber Abstand von allem beruflichem Leid gewinnen konnte, desto brutaler schien sie in den eigenen vier Wänden von eben ihrem Unglück erschlagen zu werden, so daß sie eines Tages, nach extensivem gemeinsamen Cannabisgenuß ins gottverlassene Liebesnest zurückgekehrt, dort regelrecht ausflippte, wie man damals sagte, das heißt von elementarem Ekel befallen wurde, den sie sich so verzweifelt wie vergeblich abzuduschen versuchte, kurzum, ich hatte den Arzt holen müssen und daraufhin so bald nicht wieder den frohen Botschafter spielen wollen. So hielt ich es denn bis heute.

DAS LEBEN IM DOPPELSPIEL

Gitta aber hatte bald nach dem Vorfall ungebetenen Besuch bekommen, und zwar von einem geradewegs aus der Vollzugsanstalt entlassenen Zubringer, wurde von diesem unverzüglich grün und blau gedroschen, im Haus aber niemals wieder gesichtet. Eine befreundete Kollegin schließlich, der ich ihre verspiegelte Schrankwand aufbauen half, übernahm Gittas Wohnung und wurde binnen kurzem von einer argwöhnischen Prostituierten aus dem Erdgeschoß füsiliert, und zwar mit einem perlmuttbesetzten Damencolt. Sie hatte Angela geheißen und war wohl auf der Stelle tot, die Mörderin aber wanderte sofort in die Zelle, all solches war hier, im heimelig verzwiebelten Turm, so gut wie undenkbar, allein, die karmesinroten Tagebücher aus den siebziger Jahren brachten es an den gewittrigen Tag. Tatsächlich hatte ich mir schon als Junge ein recht verrücktes Bild von der Liebe und ihrer angeblichen Käuflichkeit gemacht, wofür zum einen die Bücher, die ich las, zur Rechenschaft zu ziehen waren, zum andern aber meine monomanische, durch die erste große Liebe auf dem Schulhof bereits konditionierte Neigung zum Leben im Doppelspiel, zum experimentellen Abenteuer des Herzens mit garantiert ungewissem Ausgang. Womit ich wieder bei Marlies, des weiteren auch bei der kantonesischen Küche war.

Bruder Hein hatte mich ebensowenig enttäuscht wie das von ihm, Joe, angeblich aufgebohrte und tatsächlich kaum wiederzuerkennende chinesische Kipplaufluftgewehr. So sehr hatte ich mit diesem am Donnerstag manchen Birkenstamm zerfräst, daß ich mich bald, von ökologischem Gewissen geplagt, anderen, womöglich auch originalgetreueren Attrappen zuzuwenden genötigt sah und schließlich einige alte Eisenbahnschwellen zusammentrug, die sichtbar zwecklos im Wald herumlagen, da sie einem längst gekappten und demontierten, nämlich unmittelbar ins Jenseits, das heißt in die heutige Ostrepublik führenden Schienenstrang angehört hatten. Mit schweißtreibender Mühe richtete ich die schmierigen Holzbohlen schließlich zu Böcken auf, metzelte sie gleich darauf aber wie die Ölgötzen wieder hin. Lebloses Holz, redete ich mir zu, wie jenes, aus dem der Schulze geschnitzt war und das aufs politische Spiel zu setzen ich fest im Schilde führte. Allein, die nahen Amerikaner feuerten noch ungestümer als ich durchs Gehölz, und schon war meine innere Stimme befriedet.

Zum Ausruhen waren die Schwellen zu fettig, also legte ich mich des Mittags erneut für ein Stündchen ins Bodenlaub, durch dessen Wirrwarr nun emsig, im Auftrag des Lenzes, zahlreiche Käfer und Spinnen strebten. Diese schenkten mir aber, außer daß sie vielleicht ihren Weg über mein Hosenbein abkürzten, keine weitere Aufmerksamkeit, und so konnte ich die meine, durch alle keimenden Baumkronen hindurch, unverwandt auf das Himmelszelt richten. Schon oft hatte ich mich gewundert, daß dieses ob all der irdischen Unstimmigkeiten nicht eines Tages zusammengebrochen war. Es schien mir nur logisch, daß, wenn die Kabel im Keller schmorten, im Dachstübchen die Sicherung durchbrennen müßte. Allein, dem Firmament galten wohl andere, vielleicht auch gar keine Gesetze, und so blieb uns Menschen lediglich zu klären, ob des blauen Himmels Teilnahmslosigkeit nun einen Gottesbeweis oder vielmehr dessen Gegenteil anzeige. Derartig in den Bann des Teleologischen geraten, war ich am Ende recht erleichtert, als ein dichter Schauer unbarmherzig auf mich niederging. Bereits am nächsten Tag würde ich an der chinesischen Tafel sitzen, und alles sähe ganz anders aus. Marlies, neben mir sitzend, würde mir mit den Stäbchen zur Hand gehen, vielleicht auch den einen oder anderen Bissen zu meinen Lippen führen, desgleichen würde ich mit ihr verfahren, nach dem Essen aber würden wir gemeinsam durch den Garten spazieren und wilde Erdbeeren pflücken, jetzt merkte ich auch, welchen Hunger ich mittlerweile hatte, denn ich war, typisch Tor, völlig nüchtern aus dem Turm gegangen und also ohne jedes Frühstück ins Waldstück zurückgekehrt.

So schlich denn bald ein gelinder Kopfschmerz über meinen Skalp, nicht weiter beunruhigend, da ich ihn mit dem nun vehement bohrenden Appetit erklären konnte, aber immerhin angetan, mein inzwischen leidlich geschultes Zielvermögen zu beeinträchtigen. Im Fernsehen hatte ich allerdings vor gar nicht langer Zeit eine ganze Mannschaft stockblinder

Schützen gesehen, welche sogar gegen Sehende angetreten waren. Per quäkendem Lautsignal hatten sie ihre Zielscheiben ins akustische Visier zu nehmen, allein, die Sehenden, denen eigens zu diesem Wettbewerb absolut undurchsichtige Brillen aufgesetzt worden waren, hatten es ihnen gleich tun müssen, wurden aber von den jubilierenden Blinden auf diese Weise haushoch geschlagen. So war ich denn erneut, anstatt die Schwelle zu metzeln, ins Grübeln geraten, jetzt über das bilaterale Wesen der Chancengleichheit, als ich einer längst verwitterten, offenbar nach Henry David Thoreau ins Holz geritzten Inschrift ansichtig wurde. My life has been the poem I would have written, dies konnte wohl kaum von einem Alliierten im Strunk verewigt worden sein, also blieb mir die empfindsame Spekulation, daß hier, gleichsam zu Großvaters Zeiten und im tiefen, vorstädtischen Wald, wenn auch nur unweit des kaiserlichen Bahnkörpers, ein Einsiedler nach eben Thoreauschem, nämlich anarchischem Vorbild gehaust haben mußte. Allein, bei näherem Hinsehen erwies sich sowohl die geschnitzte Botschaft als praktisch nicht entzifferbar, sie konnte nun ebensogut aus dem Jahr 1972 stammen und den böhmischen Titel einer seinerzeit verbreiteten Langspielplatte bedeuten, als ich auch sonst nicht die geringsten, auf die einstige Gegenwart einer Robinsonade hinweisenden Funde tätigen konnte. Der Psychologe nennt dies Projektion, mich aber zog es nun unweigerlich zur Currywurstbude.

DIE GROSSE KULTURREVOLUTION

Bereits um 1970 hatte ich, damals noch ein Kind, auf dem zu einigen Tagen Flohmarkt genannten Fischmarkt meiner Heimatstadt eine sogenannte Maobibel erstanden, an einem Stand mit knallrot knatternder Flagge, und für nur eine D–Mark, später hatte ich dann, zum Jugendlichen gereift, die schwarzrote Flagge der Syndikalisten zu schätzen gelernt, den berühmtberüchtigten Sprung des Erwachsenen von dieser zur schwarzweißroten Standarte des Reiches freilich allenfalls im nationalbolschewistischen Sinn vollzogen. 1970 aber saß ich in der U–Bahn, auf dem Weg zum Ruderclub etwa, Kind noch, wie gesagt, die Maobibel aber demonstrativ in der zarten Hand, signalisierend, daß ich bereit war, Farbe zu bekennen mit meinem ganzen Stolz, dem unverwechselbaren Büchlein im roten Kunststoffeinband, weder in Gütersloh noch in Formosa, sondern in der echten und einzigen, in meiner Volksrepublik China gedruckt, dem stattlichen Reich der Mitte, durch dessen Prärie sich nicht nur ein gewaltiger Schutzwall zog, sondern just eine zutiefst beeindruckende und höchst effektive Kulturrevolution tobte. Der Chinese aber, dem gegenüber ich mich nun an Elkes und Giselas rundem Tisch dergestalt äußerte, hatte sich eben die erste Lederkrawatte zugelegt und drehte nun verlegen an den Knöpfen seiner Rolexuhr. Ich hätte ebensogut ins Schmalz treten können, Gott sei Dank gab es noch Konfuzius, welcher dem verdatterten Chinesen augenblicklich errettend durchs Hirn schoß und alles Kontroverse, damit auch mein revolutionäres Fettnäpfchen, unter dem fauligen Deckmantel der Kompromißbereitschaft begrub.

Die restlichen Themen des Nachmittags drehten sich denn eher um Fragen sanfter Energieversorgung und nicht minder zärtlicher Rüstungskontrolle, ja um eine angebliche Annäherung der Systeme, also des östlichen ans westliche, welcher ein mit 1789 vergleichbarer Ereignisrang zugemessen wurde. Ich sagte kein Wort, verlor mich lieber in den Augen von Marlies, die mir gegenüber saß, anmutig wie eh und je, und nicht minder schweigsam als ich, allein, auf diese Weise hatten wir miteinander noch kein vernünftiges Wort gewechselt. Wohl tausend kleine Schüsseln standen zwischen uns auf der blütenreinen Tischdecke, die ich, gleich zur Eröffnung des vielgängigen Mahls, mit dem versehentlichen Umkippen meines Weinglases defloriert hatte. Als interessant, wenngleich nicht zum Mitdiskutieren einladend, erwies sich immerhin der sozusagen sekundärintellektuelle Tonfall, in dem das Tischgespräch abgehalten wurde. Man mochte glauben, die vierzig- bis fünfzigjährigen Gäste, Lehrer und Erwachsenenfortbildner, keine Ahnung, wo Elke und Gisela die wohl aufgetan hatten, blätterten gemeinsam durch die eintönigen Seiten unsichtbarer Illustrierten, in deren medialen Refrain sie lediglich dann und wann mit einer knappen, meistens so zutreffenden wie uninteressanten, also letztlich irrelevanten, aber immer Problembewußtsein unter Beweis stellenden Wortmeldung einzufallen brauchten. Das kantonesische Essen hingegen erwies sich als ebenso lecker wie gänzlich ungeeignet, mein amouröses Abenteuer, wohin auch immer, voranzutreiben.

Weder ließ sich Marlies zu einem zweisamen Spaziergang bewegen, zumal Elke und Gisela eine recht zentral gelegene Stadtwohnung bezogen hatten und also mit einem einladenden Garten nicht aufwarten konnten, noch ließen sich hier demnach Erdbeeren, schon gar keine wilden, pflücken. Also dachte ich lieber um und beschloß, mich frühzeitig zu empfehlen. Da der Tag von verspäteten Graupelschauern heimgesucht wurde, erbot sich eine attraktive Grundschullehrerin, welche die ganze Zeit neben mir gesessen hatte und in deren grüne Augen ich mich womöglich lieber anstatt derer von Marlies hätte vertiefen sollen, mich mit ihrem Renault zum nächstgelegenen U-Bahnhof zu fahren. Dankend nahm ich an und hatte mein Herz binnen drei Minuten und zum ersten Mal in meinem Leben an eine Mittvierzigerin verloren. Einem alemannischen Bekannten aber, den ich erst jüngst ganz zufällig auf einem Folklorekonzert wiedergetroffen hatte, war eben eine solche Liebschaft mit der fünfzehn Jahre älteren Lehrerin seines gerade eingeschulten Neffen zum privaten Verhängnis, nämlich zur versehentlichen Vaterschaft geraten. Was aber war bloß mit meinem Herzen los, da ich es immerzu, an jeder zweiten Straßenecke bald, verlor. Ich hätte es festschweißen wollen, allein, eine solche Technik gab es nicht.

Es war zudem doch nicht die Möglichkeit, daß ich ausgerechnet hier, auf norddeutsch sandigem Boden, zum Weintrinker gedieh. Hatte ich mich mit Bourbon und Bier durch die kalten Monate geschlagen, fand ich mich nun bereits zum wiederholten Mal weinselig auf des Turmes Zinne liegen, dem traurigen Jodeln des singenden Bremsers lauschend, welches vom Plattenspieler durchs offene Fenster hinauf in die Zwiebel wehte. Immerhin, im Nieselregen hatte ich hier noch nicht gelegen, so gab es nach dem erfolglosen Buffet doch wenigstens eine kleine Premiere. Weit öffnete ich meinen Mund, ließ den Regen in den Rachen niederschlagen und sinnierte über Konfuzius und den großen Kulturrevolutionär, über taiwanesischen Spargel, Elektronikorgeln aus Korea und die Katzenaugen der schönen Lehrerin, deren betörende Gegenwart ich mir nun heiß ersehnte und der ich nur allzugern einen kräftigen Schluck aus meiner kühlen

Weinflasche angeboten hätte. Katzenaugen aber nannte man auch die zierlichen Rückstrahler an den Schmutzlappen der Mopeds und Automobile, so hatte ich meine Gedanken, unter Zuhilfenahme einer einfachen semasiologischen Assoziation, rasch in den beruhigenden Kosmos technischer Daten zerstreut, wo es denn in der Tat vom griesen Schmutzlappen zur polierten Mondfähre nurmehr ein Katzensprung war.

Schon in den späteren siebziger Jahren hatte ich meine ganze weltanschauliche Befriedigung darin gesucht, den Globus in seine mechanischen Einzelteile zu zerlegen, um ihn daraufhin, seiner somit analysierten inneren Gesetzmäßigkeit folgend, ebenso penibel wieder zusammenzusetzen, allein, es blieb dabei oftmals so manche nur anscheinend nutzlose Niete übrig, deren kryptischen Auftrag im Gesamtgefüge ich bei aller sorgfältigen Selektion offensichtlich übersehen hatte, was mich stets zutiefst beunruhigte und über kurz oder lang einzusehen zwang, daß die Welt zwar vielleicht auf einige mathematische Nenner gebracht, aber schon gar nicht entideologisiert, sondern tatsächlich weiterhin verbessert gehörte. Keinen geringeren Gefallen wollte ich ihr seither tun, drakonisch mitunter, auch partisanisch, aber immer liebevoll und, im besten Sinne des großen Vorsitzenden, ungerecht. Erst mit dem verhängnisvollen Antritt meines hiesigen Stipendiums war ich in der Erfüllung dieser wertvollen Tugend nachlässig, ja, aus den angegebenen Gründen, geradezu fahrlässig geworden. Durch den riskanten Einsatz meiner persönlichen Freiheit hingegen, unter Zuhilfenahme von Pulver und Blei, würde ich diesen zermürbenden Zustand schon bald schlagartig überschreiten, dämmerte es mir im weinweichgetrunkenen Hirn, in Wirklichkeit aber, denn wer sieht sich von hinten, mochte ich so gehörnt wie gerädert im Regen liegen.

DIE LETZTEN ZÜGE

Am folgenden Morgen, den ich, dem feuchten Vorabend entsprechend, verkatert erlebte, war die greise Mutter meiner rüstigen Vermieterin noch immer nicht verblichen. Also mußte ich erneut mit ihrem Gatten telefonisch vorliebnehmen. Die Alte, so ließ er verlauten, weilte nach wie vor am mecklenburgischen Sterbebett, allein, es könne nicht mehr lange dauern, so der höfliche Gemahl, denn seine Schwiegermutter läge längst inmitten ihrer letzten Züge, woher aber sollte er, der offenbar Sklerotische, dies eigentlich so genau wissen, der er sich nun nicht einmal mehr an die Existenz des Schlüsselbundes erinnern mochte, den wir bei unserem donnerstäglichen Telefonat so überaus eindringlich behandelt hatten. Vielleicht auch hatte ich eine falsche Nummer notiert und würde nun wochenlang von einem gelangweilten Greis zum Narren gehalten werden, in dieser Stadt war wirklich alles möglich. Ziellos durchkreuzte ich ihre Sektoren mit der S-Bahn, nichts weiter als die zitternde Lache betrachtend, die mein triefender Schirm auf dem Linoleumboden hinterließ. Mit mir war nun tatsächlich rein gar nichts mehr anzufangen. Raffte ich mich dennoch zu einer Sache auf, kam bestenfalls Bockmist heraus.

So hatte ich beispielsweise am Vormittag, nach meiner erneut mißglückten Mieterangelegenheit, einen lapidaren Drohbrief an den regierenden Bürgermeister aufgesetzt, dessen sinistre Botschaft ich aus der Zeitung gerissen und, meinem Vorhaben entsprechend, neu zusammengesetzt hatte. Ordentlich frankiert hatte ich die Bulle in den nächsten Briefkasten geworfen und ebenfalls nicht versäumt, meinen Namen und Absender auf dem Kuvert zu vermerken. So stand ich denn im nach wie vor strömenden Regen eine ganze Weile wie gelähmt vor dem Briefkasten, mit dem einzigen Gedanken beschäftigt, wo, beziehungsweise wie ich das Blech am unauffälligsten aufbiegen und also mein gefährliches Schreiben zurückgewinnen konnte. Kaum, daß ich jedoch den Plan ins Auge gefaßt hatte, mich auf die Suche nach jenem Eisenwarengeschäft, das ich erst kürzlich auf einem Spaziergang gestreift hatte, vielleicht auch nach einem Klempner zu machen, war schon der Postmann im gelben Wagen vorgefahren und hatte seinen Sack unter den Kasten gehängt. Da mein blauer Brief zu alleroberst lag, bedurfte es lediglich eines geschickten Handgriffes, und ich hatte mich vorsorglich einem so ärgerlichen wie wohl aussichtslosen Gerichtsverfahren entzogen. Also kuvertierte ich das Schreiben auch nicht erneut, sondern beschloß, das Oberhaupt mit seinem Tod zu überraschen. Allein ich selbst blieb mir weiterhin gnadenlos ausgeliefert, mein Wald lag still und stumm im Niederschlag, die Schwellen darinnen so glitschig aufgequollen, daß sie nun selbst dem Schulzen nicht mehr glichen. Auch gab sich der Turm jetzt zugig kalt und, obendrein, die Whiskyflasche auf dem Schreibtisch unbarmherzig leer. Ich besaß zwar eine Kanzel, nicht aber den passenden Schlüssel dazu. Ich kannte die allerschönsten Frauen, hingegen wußte ich sie nicht zu erobern. Ich hatte ein Gewehr, indes der Yankee das seine schweigen ließ und mich zu paralleler Waffenruhe nötigte.

DER KLEINE TOD

Um nicht unwiederbringlich aus der Haut zu fahren, hatte ich die folgende Nacht wohlweislich nüchtern durchgemacht, einsam über die Lektüre des Magazins gebeugt und

Marlies ganz in der Frühe ein weiteres Mal an der Bushaltestelle abgefangen. Ohne ihr auch nur die geringste Chance
zur Artikulation zu geben, redete ich hitzig und synkopisch
auf die Schöne ein, deutete an, daß ich soeben eine herr-
schaftlich gelegene Kanzel angemietet hatte, in Wirklichkeit
aber war diese ärmlich und lag der Herrschaft lediglich im
Angesicht, kein Wort indes hiervon zu Marlies, der ich
lieber eröffnete, daß ich sie demnächst, wenn sie denn nichts
dagegen hätte, zum prächtigen Einzugsbankett laden würde.
Sie hatte, mir fiel das Herz in die Hose, gar nichts dagegen
einzuwenden, ließ sich auch gleich die neue Adresse aushän-
digen und bat um den entsprechenden Anruf, wenn es denn
soweit sei. Endlich soweit sei es dann, flunkerte ich nun
wohlgelaunt ins Blaue, wenn im fernen Mecklenburg eine
mir gänzlich unbekannte vierundneunzigjährige Frau das
Zeitliche segnete. Im Augenblick hatten wir den Bäcker
erreicht, und eine herzhaft lachende Sonne brach durchs
Gewölk.

Die Potsdamerin hatte ihren Regenmantel über den Arm
genommen, ich meinen löchrigen Knirps gefaltet. So standen
wir denn bald vor ihrer Haustür, und Marlies fuhr mir mit
der Hand durchs regennasse Haar. Ob ich nicht mit hoch-
kommen mochte, wollte die Angebetete wissen, allein, ich
wäre am liebsten gestorben und brachte kein vernünftiges
Wort hervor. So gab ich etwa an, einen dringenden zahn-
technischen Termin zu haben, in Wahrheit aber war ich drei
Jahre lang nicht beim Dentisten gewesen, warum sollte ich
ihn ausgerechnet heute, zudem um sieben Uhr morgens,
aufsuchen müssen. Vielleicht auch gaukelte ich Marlies ganz
etwas anderes vor, schon kurz, nachdem ich mich verab-
schiedet, bestürzt abgewandt und den Rückweg zum Bus
eingeschlagen hatte, konnte ich mich an keine einzige Silbe
mehr erinnern.

VERWUNDETES REH

War ich eben kurz wie tot gewesen, hüpfte ich nun endlich wieder sonnigen Gemüts über den Kantstein, und auch der Amerikaner hatte sein schweres Geschütz erneut im Wald aufgefahren, nicht allzuweit übrigens von jener Stelle entfernt, an welcher der vergrabene Schatz des Michael Kohlhaas vermutet wurde. Allein, niemand hatte diesen je gefunden und zum Trost war schließlich ein nahes Brücklein danach benannt worden, unweit dessen sich wiederum der unglückliche Autor jener gleichnamigen Novelle ins Jenseits, das heißt seine Hülle in den Humus befördert hatte, die den Räuber bis zum heutigen Tag berühmt hielt. Ich holte also meine Flinte aus dem Turm und schlug mich erneut ins städtische Dickicht. Nach hundert Metern bereits stieß ich aber auf eine aufgeregte Schar von pensionierten Spaziergängern, welche soeben ein verwundetes Kitz aus dem Gebüsch gezogen hatten und nun im Begriff waren, einen Tierarzt herbeizuzitieren. Ganz wild fuchtelten sie mir schon von Weitem zu, wohl in der Annahme, daß ich, der ich das Schießgewehr, wenngleich in der Pappschachtel, so doch sichtbar über der Schulter trug, womöglich der Förster sei. Dieser jedoch war ich nicht, und also setzte ich meinen Weg mit unbekümmerter Miene ins Unterholz fort, zugegebenermaßen schlechten Gewissens, und erleichtert allein durch die Vorstellung, daß ich, der ich den Forst der starken Niederschläge wegen mehrere Tage lang gemieden hatte, das Reh gewiß nicht angeschossen haben konnte, auch der Amerikaner übrigens nicht, denn er befand sich unweit meiner Schwellen um sozusagen Meilen tiefer im Gehölz.

Die alliierten Truppenübungsplätze ließen sich selbst auf den handelsüblichen Stadtplänen mit Leichtigkeit als weiße

Flecken ausmachen. Der Volksmund sprach von Geister-
städten, die darin versteckt lägen, und die Alliierten selbst
glaubten bald, daß es in ihren Anlagen spukte, so mancher
englische Offizier hatte sich in den zurückliegenden zweiundvierzig Jahren der Okkupation derartigem Schauder
durch Selbstmord entzogen. Gesamte Besatzungen motori-
sierter Streifen waren verrückt geworden, weil sie jahrelang
immerzu gegen den Uhrzeigersinn um das verbliebene
Kriegsverbrechergefängnis, in dem allein der Englandflieger
noch saß, zu patrouillieren hatten. Interessanterweise sollten
denn auch einige Irrenanstalten dieser Stadt in den ehemaligen Arbeitslagern der Nationalsozialisten untergebracht
sein. Spazierte man etwa am äußersten Rand des französischen Sektors entlang, traf man dort auf eine tief im Wald
verborgene Invalidensiedlung. Fuhr man mit seinem Automobil gegen den antifaschistischen Schutzwall, kamen zuerst
die Russen mit einer Leiter darübergeklettert, bevor sie das
westalliierte Sanitätspersonal erste Hilfe gewähren ließen,
denn immer gehörten einige Meter auch diesseits der eisernen Schabracke dem weltanschaulichen Jenseits. Wollte man
derartiges über den traurigen Verbleib der Metropole wissen, brauchte man nur den nächstbesten Bummler zu befra-
gen. Das eingeschlossene Volk hatte sich offenbar vorgenommen, Zentimeter um Zentimeter seiner Sektoren abzu-
wandern, ein Unternehmen, das bei der üblichen Ausufe-
rung gängiger Städte mit jenem des Sysiphos zu vergleichen
wäre. Ameisen gleich durchquerten die passionierten und
zumeist pensionierten Spaziergänger das urbane Gelände,
sicherten stolz die verschütteten Spuren einstiger machtpoli-
tischer und weltkultureller Größe, beobachteten argwöh-
nisch, wie die kommunistische Reichsbahn zwischen ihren
erbärmlichen Naturlehrpfaden herumrangierte, zogen ver-
wundete Rehe aus dem Gestrüpp und machten, kurz und
gut, dem Einsamen das Leben schwer.

OHNE UNTERLASS

So lebte ich also dahin, schoß durch den Tann, observierte das Rathaus, brütete über dem Schreibtisch, dessen Furnier von allem umgekippten Bourbon wie abgebeizt war, und wartete sehnsüchtig auf den bewußten Anruf, welcher die Jagdkanzel zu jenem finalen Zweck freigäbe, der mir auch das Tor zum endlich galanten Bankett mit Marlies aufstoßen sollte. Der Kennedyplatz war unterdessen mit einem Maibaum verziert worden, an dem sechs sogenannte Partnerstadtwappen schlenkerten und um dessen gestreiften Fuß herum den ganzen Wonnemonat hindurch Tanzgruppen, Musikkapellen und Kunsthandwerker springen sollten. Auf diese aber konnte ich gut verzichten, und so gab es wenig dagegen einzuwenden, als ich erneut für einen Tag, zu einer Lesung, ins westdeutsche Ausland abberufen wurde. In meiner windigen Heimatstadt galt es nämlich, ein ehemaliges Heim für gefallene Mädchen in die staatssubventionierte Begegnungsstätte aufstrebender Dichter zu verwandeln, weshalb sich denn die örtliche Kulturbehörde selbst die abhandengekommensten eingeborenen Autoren zu vergegenwärtigen suchte und auf diese Weise, die Sonne der Kultur stand hier, dem hohen Breitengrad entsprechend, ganz besonders tief, auch über meinem Namen, der schon seit zehn Jahren kaum mehr in direktem Zusammenhang mit der Störtebeckerstadt stand, gestolpert war. Mach dich nicht unglücklich, war mir geraten worden, allein, ich konnte kaum unglücklicher sein, so reiste ich denn elbabwärts.

Was war aber der Schriftsteller an sich bereits für eine traurige Figur. Während draußen ohne Unterlass Böllerschüsse zum soundsovielten Hafengeburtstag in den hanseatischen Abendhimmel gejagt wurden, konnte man in den stuckierten Kammern des ehemaligen Dirnenheims so manchem jungen Dichter lauschen, wie er, der bloßen Überleitung halber, das leise Knarren etwa seiner Zimmertür beschrieb, das diese verursachte, wann immer sie ins Schloß zu fallen sich neigte, genau solches aber hatte mich noch nie interessiert, zu keinem Zeitpunkt hatte ich jemals eingesehen, daß derartiges überhaupt beschrieben gehörte. Also bot die Begegnung mit dem Kollegentum, so oft sie auch erfolgte, letztendlich keinerlei Bereicherung, ich hätte ebensogut im Turm bleiben können. So nahm ich denn alsbald erneut Abschied, das heißt denselben Zug retour, machte es mir im Reichsbahnpeddigrohr eben jenes historischen Ostspeisewagens bequem, mit dem ich erst kürzlich gekommen war, und der geradewegs, während ich meine Anekdoten in den Dienst eines recht fragwürdigen Amüsements gestellt hatte, von der nördlichsten Nordseeinsel unserer Republik zurückgekehrt war. Da es sich bei diesem, wenngleich die entsprechenden Anhänger vollkommen leer mitgeführt wurden, um einen Autoreisezugwaggon handelte, traf ich, obwohl von Nordwest kommend, via Südwest nun bald genau auf jenem Schienenstrang zuhause ein, der durch die alte Offiziersstadt führte, in welcher Gisela, Marlies und Elke angeblich stalinistisch aufgezogen worden waren. So konnte ich dem Zug kurz nach der Grenze gleich im prompten Angesicht des Turms entsteigen.

Rennt man auf einem fahrenden Schiff bugwärts, kommt man ebensowenig früher ans Ziel, als man dieses nicht später erreicht, wenn man mit Vorliebe nach achtern trachtet. Diese liebenswürdige Binsenweisheit, gleichzeitig ein Plädoyer für die eher kontemplative Lebensführung, bekam ich eben von einem angeheiterten Binnenschiffer an meiner Currywurstbude unterbreitet, als augenblicklich der zuständige Distriktförster aus dem Unterholz trat und sich für meine Pappschachtel zu interessieren begann. Daß ich in dieser französische Meterbrote transportierte, die mir ein hauteprovençalischer Leutnant vermacht hatte, dieses oder ähnliches brauchte ich ihm gar nicht erst vorzuspiegeln, also mußte ich denn, wohl oder übel, mein lappiges Futteral öffnen. Gerade in letzter Zeit, so der Oberförster, hatte er allzuoft verwundetes Wild aus dem Gehölz ziehen müssen, weshalb er nun auch meinen Jagdschein in prüfenden Augenschein zu nehmen wünschte. Ich war eben schon im Begriff gewesen, meine von Hein Joe zur Mordwaffe umfunktionierte Flinte aus der Pappe zu befördern, als ich diese nun wieder zurückgleiten ließ und dem Amtmann erklärte, daß es sich bei meinem chinesischen Kipplaufluftgewehr um ein waffenscheinfreies Instrument und, laut Ottokatalog, um den großen Freizeitspaß für die ganze Familie handelte. Nun besaß der Ottokatalog auch in den Augen dieses braven Mannes eben jene legendäre Autorität, welche das ganze Vermögen des norddeutschen Versandhauses ausmachte, so ließ er denn auch von jeder weiteren Frage ab, wünschte einen gesegneten Appetit und machte sich in Richtung der nahen Autobahngrenzkontrollstelle davon. Der Binnenschiffer aber hatte mich wohl komplett durchschaut, zwinkerte mir zuerst mit dem wässrigen Auge zu, dann aber mußte ich gleich vier Currywürste und sechs Doppelkorn springen lassen, damit er in jene kontemplative Grundstimmung zurückfand, die ihn mir zu Beginn unseres gemeinsamen Imbisses so freundlich und friedlich hatte erscheinen lassen.

DES TEUFELS KÜCHE

War der Vorfall an der Currywurstbude noch einmal glimpflich ausgegangen, machte er mir doch überdeutlich bewußt, daß ich nun bald ans Handeln mußte, mich jedenfalls nicht allzu häufig mehr im Unterholz blicken lassen konnte. Also rief ich denn sofort vom Bahnhof aus erneut bei den Vermietersleuten an, wenngleich sich dies der alte Mann verbeten hatte, und siehe da, die Mecklenburger Mutter war bereits seit Tagen tot, weilte sogar schon unter der nordelbischen Erde, allein, die rüstige Vermieterin hatte sowohl die Adresse als auch Telefonnummer der Senatsvilla verlegt und war eben drauf und dran gewesen, ihre Immobilie erneut zu inserieren. Ich flog sofort zu ihr, der Trauernden, die mit dem, wie sich nun herausstellte, bettlägerigen Gatten unweit des Tiergartens residierte, zahlte flink die erste Miete und riß den heiß ersehnten Schlüssel an mein pochendes Herz.

Kurz danach hastete ich die knarzenden Stiegen zur Jagdkanzel hinauf, stürzte dort sogleich in die muffige Kochnische und riß das kleine Butzenfenster auf, denn dieses, erinnerte ich mich meiner unfreiwilligen Erstbesichtigung, bot den strategisch besten Ausblick auf das Rathaus und den gesamten Kennedyplatz mitsamt seinem lächerlichen, nunmehr im johlenden Trubel liegenden Maibaum. Wozu eigentlich brauchte eine Viermächtestadt zwei Oberbürgermeister, diese Frage galt es nun mit der Kugel zu beantworten. Gleichzeitig mußte ich die besten Feinkostgeschäfte der Gegend ausfindig machen, damit ich Marlies nicht enttäuschte. Nun war ich zu allem bereit, und mir schwindelte. Ich mietete ein Automobil und karrte die Moritzschen Magazine heran. Ich kaufte ein Fensterleder und polierte die

Butzenscheiben. Ich lugte aus der Scharte ohne Unterlaß, allein, der Schulze lugte nicht aus seiner. Im Morgengrauen holte ich die Flinte aus dem Turm und trug sie in die Kanzelküche, auf daß sie jetzt in deren Nische thronte. Pack die Badehose ein, drang der Lärm des kommunalen Straßenfestes zum Fenster herauf, so schnell jedoch würde ich mir den Nerv nicht rauben lassen.

Fünfhundert Gramm Parmaschinken, vier Töpfchen Gänseleberpastete, einen Block Bündnerfleisch, acht Dosen Schildkrötensuppe, einen Kasten Erdbeersekt, den Marlies am liebsten trank, zweihundertfünfzig Gramm dänische Lurpakbutter und sechs französische Weißbrote, in etwa dergleichen mochte mein Einkaufszettel ausgesehen haben, mit dem ich mich am Sonnabendvormittag auf den sonnigen Weg zu jener Fußgängerzone machte, deren soundsovielster Brunnen mir vor einigen Wochen die anachronistische Begegnung mit dem schönen Hippiemädchen zugespielt hatte. Allein, ein wirklich exklusiver Feinkosthandel war weit und breit auch dort nicht auszumachen. Ich mochte nicht glauben, daß diese Stadt tatsächlich so arm sein sollte, wie es immer wieder zu hören war, also betrat ich eine Telefonzelle und schlug das Branchenfernsprechbuch auf. Hier fand ich nun wieder so viele Geschäfte auf einem Haufen, daß ich mich für gar keines entscheiden konnte. Auch hatte ich keinen Stadtplan bei mir, der die genaue Lokalität der einzelnen Budiken hätte aufschließen können, zudem machten sie alle in einer guten Stunde dicht, bereits für den folgenden Tag aber, den Sonntag, hatte ich Marlies zum Bankett geladen. So war ich unvermittelt in eine etwas dumme Lage geraten und betrat daher lieber den nächstbesten Supermarkt. Wenn man sie nur hübsch drapierte und garnierte, taten es schließlich auch Kraftscheibletten mit Ketchup, Stangenkochsalami im Schweißbeutel, ein paar

Tüten Spargelcremesuppe müßten auch aufzutreiben sein und Erdbeersekt war hier ohnehin eher zu haben als im Spezialitätenhandel. Also steuerte ich bald wieder wohlgemut auf eine von außen blitzblank sich präsentierende Kaufhalle namens Bolle zu und wünschte beim Betreten übermütig guten Tag, doch fühlte sich tatsächlich niemand recht bemüßigt, meinen höflichen Gruß zu erwidern, denn das geschäftliche Treiben taumelte hier augenblicklich jenem hektischen Höhepunkt entgegen, welcher derartige Örtlichkeiten gegen das Wochenende hin mit Regelmäßigkeit und absolutem Durcheinander zu krönen pflegt. So konnte ich froh sein, einen der wenigen noch vakanten Einkaufswagen erwischt zu haben, die zwischen feucht gewordenen Pappkartons und zertretenen Gemüseresten am Ausgang herumstanden und von denen sich meiner, nachdem ihn mir ein rabiater Kurde noch aus der Hand zu reißen versucht hatte, durch das fatale Klemmen eines Vorderrades recht negativ auszeichnete, fast permanent rammte ich meine Eisenkarre einer schicken Dame in die Ferse.

VOM RECHTSFREIEN RAUM

Als ich mich endlich gegen vierzehn Uhr auf dem Rückweg befand, die Arme voller Einkaufstüten, deren Henkel unmittelbar nach dem Verlassen des Supermarktes gerissen waren, und meine Kanzel schon von weitem liegen sah, tat sich urplötzlich ein Gulli im Gehsteig vor mir auf, so daß ich beinahe darüber gestolpert wäre. Kaum daß ich mich mit dem ungewohnten Anblick vertraut gemacht hatte, tauchten wohl zwanzig Soldaten eines alliierten Stoßtrupps aus der Kanalisation auf, stürmten mit wildem Geschrei auf ein nahegelegenes Abrißhaus zu, hängten sich in dessen morsche Fensterbänke, ballerten wild in die leeren Zimmerfluchten hinein, hangelten sich an der Regenrinne entlang und verschwanden schließlich im Schornstein eines benachbarten Bürogebäudes. Gab es schon für Deutschland keinen gültigen Friedensvertrag, lag die Viermächtestadt tatsächlich im rechtsfreien Raum. So wunderte ich mich auch kaum, als nur Minuten später eine sowjetische Zweitaktpatrouille gemütlich um die übernächste Straßenecke gebogen kam, der Franzose mochte das gleiche in Potsdam tun. Ich nahm meine Plastikbeutel wieder auf und setzte den Heimweg fort.

IM TOTEN WINKEL

Weil das eigentliche Rathaus der ehemaligen Reichshauptstadt in ihrem sowjetischen Sektor lag, konnte ein regierender Bürgermeister in jenem des Westens nur Untermieter sein. Tatsächlich residierte in dem klobigen Magistratsgebäude am Kennedyplatz in erster Linie die lokale Bezirksverwaltung, auch gab es wohl einige Zimmer, die den Alliierten vorbehalten waren, die eigentliche Regierungsarbeit vor Ort fand jedoch in den Villen der Besatzungsmächte statt. Demütig hatte der Bürgermeister dort vorzufahren und um Einlaß zu bitten. Für eine halbe Stunde durfte er dem längst in hohem Schwang befindlichen Wortwechsel der amerikanischen, britischen und französischen Generäle zuhören, dann mußte er wieder zum Kennedyplatz zurück, um dort all die bedrükkenden Diktate in den ohnmächtigen Verwaltungsweg zu geben, welche ihm die Alliierten aufgetragen hatten. Wo hatte ich bloß meinen Kanzelschlüssel, er lag zuunterst in der prallsten Plastiktüte.

Marlies trug das schönste Sommerkleid, das man sich nur denken konnte, allein der unangenehmen Erinnerung an ihr Verschwinden hinter dem Spiegel halber hatte ich doch auch Elke und Gisela zum Einzugsbankett geladen. Das Akkordeon war bereits zum wiederholten Einsatz gelangt, das Buffet komplett abgenagt, wie sich Gisela ausdrückte, und ich war soeben im Begriff, eine fünfte Flasche Erdbeersekt aus der Kochnische zu holen, als ich die Butzenscharte streifte und den Schulzen, so gut wie im toten Winkel, hinter seinem Fenster erblickte, gerade an Sonntagen aber hatte ich diesen dort am wenigsten vermutet. Ich ließ die Flasche sausen, langte nach der Flinte, schraubte den Schalldämpfer auf die Mündung und legte an. Der Bürgermeister schob die Gardine beiseite und schaute auf den im volkstümlichen Trubel liegenden Kennedyplatz. Vielleicht würde er die Scheibe öffnen und eine Rede halten wollen, ich war, den Finger am Abzug, den Lauf in der Scharte, auf alles gefaßt. Marlies aber, die sich mir heute ausgesprochen zugetan zeigte, hatte sich über die Dauer meines Ausbleibens zu wundern begonnen und stieß nun sanft die Tür zur Küche auf, um nach mir und meinem Wohlbefinden zu sehen. Ehe sie dies jedoch überhaupt in Augenschein nehmen konnte, hatte sie mich schon mit der Klinke am Ellenbogen gestreift, zwar ganz ohne Wucht, aber auf jene unglückliche Weise, die man mit dem Anschlagen des Musikantenknochens umschreibt. Augenblicklich löste sich ein versehentlicher Schuß aus meinem Gewehr und fraß sich knirschend in das frische Holz des albernen Maibaums. Kaum hörbar klirrten die Partnerschaftswappen, der gezielte Todesschuß aber war mir zum diffusen Salutschuß geraten. Ich war ein Berliner.

INHALT